NIDOME NO
CHIKYU DE
MACHI ZUKURI
MAI ILLUSTRATION SAKANA TOJO

二度目の地球で街づくり
開拓者はお爺ちゃん
NIDOME NO CHIKYU DE MACHI ZUKURI
舞
イラスト・東条さかな

二度目の地球で街づくり

開拓者はお爺ちゃん

NIDOME NO CHIKYU DE MACHI ZUKURI

1

目次

第1話　大往生と思ったら、新たな人生の始まりでした　009
第2話　状況が分からない？　はい、ヘリコプター　016
第3話　キャンピングカーは文明の利器だと思います　025
第4話　戦争の理由と言いますが、そんな訳が無いと思います　030
第5話　お馬さんの寝床と夕ご飯　034
第6話　はじめてのしゃわーたいむ　041
第7話　『せいぞう』に関する謎と万歳する獣　046
第8話　レティとの会話とトラックでの道行き　052
第9話　視点変更～アルト～　アルトからみたアキの印象　059
第10話　通貨偽造と缶詰の偉大さ　063
第11話　野盗との一幕　071
第12話　王都の状況　079
第13話　情報と言えば酒場　086
第14話　もしもの人手　092
第15話　赤身肉のステーキ　097
第16話　物語はどこの世界でも愛されます　102
第17話　真実の開示　106
第18話　背中で語る　113
第19話　トンカツで勝つ　117
第20話　義父　121
第21話　謁見前の小細工　127
第22話　献上品とはったり　131
第23話　小物の正体　135

第24話　老臣の決心　141
第25話　信頼とは　145
第26話　温かな雨　149
第27話　子供が好きと言えばハンバーグかなと　153
第28話　ハンバーグの肉汁が溢れるのが好きです　157
第29話　ゆるりとした夜の語らい　162
第30話　朝の支度　166
第31話　会戦の準備の始まり　171
第32話　至福の時と突然の衝撃　175
第33話　五千を五十で撃退するレクチャー　179
第34話　訓練の開始とお昼の調理　183
第35話　十分に食事を取り、訓練を行う事　187
第36話　闇の中に解き放たれた獣　192
第37話　やり過ぎない程度の致命的な打撃　198
第38話　襲撃の後の夕食と明日の用意　202
第39話　音は時として圧力にもなりえます　206
第40話　疑心暗鬼を味方にしただけです　211
第41話　ノーと言える日本人　217
第42話　一路ローマへ　221
書き下ろし　葛城内の優雅な一日　228
あとがき　245

NIDOME NO CHIKYU DE MACHI ZUKURI

第1話　大往生と思ったら、新たな人生の始まりでした

暗闇の中を永く揺蕩《たゆた》っていた気がする。もう、肉体の感覚も無い。あぁ、命が尽きるのかな、そう考えると、今までの思い出が闇の空から煌めきながら無数に降り注いでくる。会長を辞した時、息子に社長を譲った時、会社を興した時、動員されて戦地に赴いた時、妻に初めて出会った時。どんどんと過去へと戻っていく。あぁ、このまま最後まで降り終えたら、私と言う存在は消えるのかな。そう思った瞬間、川縁の映像が目の前で固定される。あれは、十歳くらいの頃か。近くの川でよく遊んでいた……。

「やぁ、久しぶり」

ひょこりと川縁の映像から少女が片手を突きながら、ひょうと飛び出してくる。これも妄想なのかな、それにしては鮮やかだ。あぁ、懐かしい。子供の頃、一緒に遊んでいた子だ。名前は……。

「つっちゃん……」

「えへへ。覚えてくれていたんだ」

向日葵《ひまわり》のような輝かしい笑顔。懐かしさと共に、ほんの少しの寂寥《せきりょう》を感じる。

「千沙《ちさ》が迎えに来てくれると思ったけど、君なのかい？」

もう十五年も前に死に別れた妻の名前。いつも澄ましていたけど、笑うと本当に華やかな印象を与える、私の大切な人。大切だった人。

「あれれ。死んじゃった方が良いの？」

少女がこくんと首を傾げる。

「これって、走馬燈の最中じゃないのかい？」

私が問うと、けらけらとあの頃そのままに笑いだす。

「違う、違う。ちょっと君にお願いがあってね、大沢敏明《おおさわとしあき》君」

名を告げられた瞬間、朦朧としていた意識が鮮明になる。目の前の少女がほっと息を吐く。

「ふふ。大分意識が拡散していたけど、大丈夫みたいだね」

「つっちゃん……君は？」

「私の名前は、川部津門比売《かわのべのつとのひめ》。まぁ、八百万《やおよろず》の集合体の一柱《ひとはしら》になるのかな」

「神様……なのかい？」

そう問うと、また首を傾げる。

「世界と言うシステムの管理者の一端末と言った方が正しいかな。まぁ、神様で良いよ」

神道で死んだ時ってどうなったかと思い出してみるが、いまいち記憶が薄い。

「お願いの内容なんだけどね。出来れば君に、世界を掻き回して欲しいんだ」

ふと考え込んでいる最中に物凄い事を言われた気がする。

「世界？　掻き回す？」

「うん。今、時間を一気に加速させている。宇宙は止《と》め処《ど》なく拡散し、熱も時間も存在しない無になる」

少女が腕を広げると、スクリーン状に闇が広がる。

「私達は概念だからね。こうなると、存在も出来なくなっちゃう。だから、もう一度、圧縮して、爆発させた」

スクリーンの中で、何かが一点に集まり、花開くように破裂する。

「ビッグバン……」

「ふふ。ここからの流れは過去と同じ。ただ、同じ世界を作ると言うのも面白くなかったので、一つ付け足してみた」

少女が手を開くと、ぽふっと火種が生まれ、丸く浮く。

「魔法、君達が考えた願いの結晶、夢の欠片。でもね、これに頼って、人間が進化しないんだ」

「人間は……いるのかい？」

「その辺りの環境と進化は同じ流れだよ。君のいた地球と全く同じ組成で惑星も作った。進化の流れも一緒。遺伝子も同じさ」

少女がにこりと笑う。

「信仰と言う意味では、このまま流れていってくれても良いんだけど、早晩人間が滅びそうでね。ちょっと別の因子を足そうかって話になった」

「それが、私？」

「うん。現実主義の人たらし。君のあだ名だよね？」

そう言われた瞬間、渋面を浮かべたのが自分でも分かった。

「よしてくれ。それは会社時代の話だよ」

「昔から見ていたからね。リタイアしてから君が凝っていたゲームのように、勇者となるも良し、賢王となるも良し、魔王となるも良し。世界をとにかく引っ掻き回して欲しい」

「ふーむ……。私じゃないと駄目なのかい？」

「君じゃ無くても良いけど、君が適任だと思っているよ。まぁ、気楽に楽しんできたら良いさ。儲け物程度のつもりでね」

にこりと少女が笑う。

「つっちゃん……。その強引なところ、変わらないね……。はぁ、千沙に会えるのはまだまだ先かな」

「ふふ。その気になった？」

「昔から、つっちゃんの願いは断れなかったからね。いつもそうだったじゃないか。で、引っ掻き回すのは良いけど、何かバックアップは望めるのかな？」

「そりゃそうさ。こちらがお願いする立場だしね。ほい、これ」

ばさりと、端を大きなクリップで留めた書類の束を渡される。会社の書類じゃ無いんだから……。ぱらりとめくると、ゲームの説明書のようで思わず噴き出してしまう。

「おいおい、こりゃ……。なんだい？」

「んー。いきなり全能なんて渡されたって、使い方に困るだけかなって。君の大好きなゲームに因んで作ってみたけど」

「『しらべる』とか『せいぞう』とか……。これじゃ、大昔のゲームみたいだ。はは、もうこの時代、バーチャルリアリティの世界に突入しているのに」

「むー。インターフェースは分かりやすいのが命じゃないか。それに君も好きだろ？　大昔のゲームが」

「あぁ、わくわくしたのは昔のゲームだね。あまりリアルなのは想像力の入る余地も無いし。ちなみにコミュニケーションは？」

「こちらで仲介して、言語を翻訳、通訳する。そこは『はなす』と思ってくれたら良いよ」

悪戯っぽい顔で少女が笑う。それに釣られて、こちらも笑ってしまう。新しい言語を一から覚え直すのはそれなりにきつい。

「例えば、この『せっけい』って何だい？」

「『せっけい』と『せいぞう』は対だね。『せいぞう』は今まで君に関わった物質を作り出す事が出来る。『せっけい』は新たに知識を得れば、それを『せいぞう』で生み出せるよ」

書類の中には他にもコマンドが大量に記載されている。すぐに覚えきるのは不可能だ。

「私が関わった？　ふーむ。この説明書は持っていって良いのかい？」

「と言うより、記憶に刻んでおくよ。読む方が君の好みかと思って出しただけだし。全能は追々ね。後、流石に死ぬ時は死んじゃうから。それだけは気を付けてね」

「魔王としての最期は、勇者に討たれる、かい？」

「君が望むならね。さぁ、そろそろ時間だ。享年九十歳の大沢敏明はここで未来の地球に降り立つ。用意は良いかい？」

「ねぇ、君と話をしたい時は？」

「神使《しんし》を一匹つけておく。そいつ自体には何も力は無いけど、座標の特定は出来るから、話しかけてみて。ちなみに、結構力を使うから、なるべく自分で頑張ってね」

「分かった」

頷き動こうとする少女を、老いさらばえ、細木のようになった腕を上げて、制する。

「最後に。出来れば千沙に伝えて欲しい事がある。神と言う事は根の国《あのせ》もあるんだろ？」

そう告げると、少女が少しだけ切ない顔になる。

「なんだい？」

「もう少しだけ待って欲しいと。必ず、逢いに行く」

「ん、分かった。じゃあ、良いかい？」

「良いよ」

そう告げた瞬間、視界が、意識が白く塗りつぶされていく。ふと消え行く意識の端で呟きを聞いた気がした。

「……根の国《あのよ》なんて無いさ。物質も思いもエネルギーの流転。全は個、個は全。思いも拡散し、再度収束する。出会えると良いね。君の……」

そのまま、意識が白く霞み、飛んでいった。

第2話　状況が分からない？　はい、ヘリコプター

ふと、意識が戻ると、薄暗い中で立っていると言う事を理解した。もう半年ほどはベッドで寝た切りだったはずだが……。目が慣れてくるにつれて、周囲の様子がはっきりと見えてくる。視力が戻っている……。ふと掌を見つめると、皺が随分減っていた。その瞬間、肩口からはらりと髪の毛が垂れてくる。髪の毛が長かった時代なんて、代表取締役時代か？　あの頃は忙しくて髪を切る暇もなかった。しょうがなく伸ばしていたけど……。

そんな事を考えながら、ふと人の気配を感じて正面を向くと、中学生か高校生くらいの少女が、仰々しい装飾を着けたポンチョみたいな恰好で立っている。その顔は驚愕で満ちていた。

「あの……失礼」

声をかけた瞬間、びくりと飛び上がると、滂沱《ぼうだ》と泣き出す。何故に。

「どうして……成功したのに。若返りの宝玉を六つも使ったのに……。どうして、こんなお爺ちゃんなの!!」

全く意味が分からない。周囲を見渡すと、何かの祭壇のようになっている。ひゃんと言う声が聞

こえるので、足元を見ると子犬が一匹。シベリアンハスキーみたいだけど、まだまだ鼻先が丸い。これがつっちゃんが言っていた神使なのかな。拾い上げると、くんくんと手の匂いを嗅いで、頰をすりすりと擦り付けてくる。

「あのぅ……。こちらの話を聞いてもらっても良いですか？」

目の前の少女が恨めしそうに言うので顔を上げる。その瞬間流れる、銀髪。髪が鬱陶しい。

「申し訳無いのですが、紐と鏡をお借り出来ますか？」

「すぐにいりますか？　それとも私の話を聞いてくれますか？」

少女の恨めしさに拍車がかかるが、こちらとしても状況を確認したい。

「何故、私がここにいるかは知りたいです。ただ、自身の姿に変化があるようなので、確認をしたいのです」

そう告げると、少女が溜息を吐き、祭壇に上がる。奥側から磨いた銅板のような物を持って来る。

そこに映っている姿は、正に社長時代の自分だった。服も千沙が選んでくれたスリーピースのスーツ姿。顔は……かなり肉が戻っている。触るとほのかな弾力。あぁ、若返っている。ぺたぺたと体中を触っていると、少女が紐を差し出してくる。素材は不明だが、紡いだ中にフワフワとした物が混じっているところを見ると綿なのかな。そう思いながら、鏡を置き、髪の毛をオールバックにして、根本で結ぶ。背中を触ると、腰の辺りまで届いている。あぁ、これは、六十歳頃の長さだ。

「気は済みましたか？」

地獄の底から響くような陰気な声。

「ありがとう、可愛らしいお嬢さん。名前を伺ってもよろしいですか？」

そう問うと、再度の溜息。

「アルトです」

「それは姓ですか？　名前ですか？」

「私はただの臣民です。姓なんてありません」

ふんっと言った感じで、横を向く。ふむ、姓は特殊な世界なのか。

「アルトさん、失礼しました。私はトシアキです。発音は出来ますか？」

「トスィァキー？」

あぁ、日本語の発音だと駄目か。

「アキで結構です。先程、泣かれていたようですが、事情を説明してもらえますか？」

そう聞くと、興奮したように捲し立て始める。どうも、この少女、アルトは祭祀を司る家に生まれたらしい。で、生まれ故郷の国が戦争に巻き込まれると言う事で、国王の命令により神に祈り、過去の英霊を呼び出そうとしていたらしい。この世界の平均寿命は五十歳にも満たない。老衰で死んだ相手でも、若返りの宝玉と言うもので若返らせれば戦力になると。若返りの宝玉って、何だ……。神様絡みの物なのかな……。ちなみに、一つで五歳は若返るらしい。そりゃ、五十歳で三十若返れば、二十歳だ。戦力にはなるだろうが……。あぁ、それで九十歳から六十歳と言う訳

か。

「戦争……ですよね？　一人呼び出したとして、戦況が変わるのでしょうか？」

「言い伝えでは、一人で千人を相手にして引かないと言う戦士はいました。それに百人を刹那に滅ぼす魔法使いも。そう言う人間を求めていたんです」

必死に言い募るが、疑問が浮かぶ。

「あの、戦争と仰いましたが、相手の数はどの程度なのですか？」

「隣国の兵、五千程です」

その時点で、心の中でツッコミを入れそうになった。一騎当千の戦士を呼び出しても、五千は相手に出来ないだろう。この指示を出した人間の真意が分からない。

「その相手を……呼び出した人間に対抗させると言うのですか？　数が合いませんが……」

「それでも!!　私は国王様にそう命ぜられたんです。それが、こんな奇妙な服を着たお爺ちゃんなんて……。何て説明したら良いのか……」

そう言って、また泣き崩れ始める。はぁ。つっちゃん、ちょっとハードだよ、この状況。心の中で嘆息しながら、何とか少女を宥め始めた。

暫く、ぐしぐしと嘆いていたが、まずはやるべき事をやっていこうと慰めていると、少しずつ落ち着きを取り戻す。

「すん、すん……。ありがとうございます」

「いいえ。まずは、状況を確認したいのですが……」

取り敢えず、王国の首都らしき場所は、馬車に乗って三日と言う話を聞けた。と言う事は、大体一日百キロ弱程の移動か……。

「地図は分かりますか？」

そう問うと、荷物の中から木の板を取り出してくる。紙も羊皮紙も無いのか……。地図も物凄く縮尺が曖昧で方角くらいしか分からない。そう言えばと置きっぱなしにしていた書類を確認すると、『ちず』とか言うコマンドがある。思い浮かべると、視界の端に世界地図が浮かぶ。地球のあの地図だ。そこに黄色い光点が浮かんでいるので拡大したいなと思うと、ズームしていく。現在地はスペインの南部、セビーリャ辺りか。で、地図を見ると王都がメリダ辺りと。

「外に出てもよろしいですか？」

そう聞くと、アルトが泣き腫らした顔で頷く。扉を抜けると、一面の草原だった。道らしきものは続いているが、こんな所に祭壇を建てた意味が分からない。でもそう言う事を聞くと、また泣きそうなのでぐっと堪える。

「隣国と仰るのは、地図のどこですか？」

そう聞くと、メリダの北西、アルカンタラ辺りを指す。水源近くに国を築くのは基本かと思いながら、どうするか考える。もう少し詳しい事情は聞かないと駄目だろうし、こちらもつっちゃんからもらった能力の把握もしたい。

「馬はこのままの状態でどの程度持ちますか？」

「夕方までは大丈夫です」

　時間と考えると、『とけい』のコマンドをふと思い出す。デジタル時計を思い浮かべると、視界に現地時間が表示される。取り敢えず、今は十三時か……。

『ちず』に関しては、マークを付けて目的地を保存出来るようなので、現在地に馬車とマークを付ける。これで帰りは大丈夫と。後はメリダ辺りに王都とマークを付ける。

『せいぞう』の仕様を確認すると、今まで関与した物と設計・製造に関わった物は何でも生み出せるようだ。確かに一部部品を納品したけど、原子力発電所とかどうしろと言うんだろう。『せいぞう』と『ほきゅう』は適当な星から素材を集めるから気にするなと丸文字の癖字で注釈が書かれている。こんなお茶目をと、若干脱力した。

『ほきゅう』があるなら、燃料切れの心配はいらないか。ざらっとリストを確認していると、仕事で使っていたヘリコプターを発見した。操縦は可能だし、往復で二時間もかからないはず……。相手側の様子も見るなら、三時間ちょっとかな。

　ふむ。この世界の事が全然分からないと言うのは問題だ。まず方針としては、出来れば彼女を懐柔しつつ、周辺地域の状況を確認する。呼び出された理由をこなして信用を得る。その上で今後の方針を定められるだけの情報を得る事かな。よし、そうと決まれば。

「少し下がってもらえますか？」

そう告げて、『せいぞう』で対象のヘリコプターを考えると、ふわっと立体映像のように表示される。自由に動かせるようなので、接地するように座標をずらして、良いかなと思った瞬間、ずさっと言う音と共にヘリコプターが出現する。若干まだ浮いていたか……。

「え、何?　何です、これ……」

アルトがきょろきょろとヘリと私の方を交互に見つめる。

「乗り物です。失礼、お嬢さん」

左手を取り、アルトを座席に押し込んでシートベルトを留める。ヘルメットを被せバイザーを降ろすと、固まってしまった。

計器の確認をしながら、こちらもヘルメットを被り、バイザーを降ろす。子犬は股の間に置いているが、大人しく丸まっている。

「これから、空を飛びます。少し怖いかもしれませんが、無理なら、無理と仰って下さい」

そう告げて、ローターを始動させる。大きな音に驚いたような声が、ヘッドセットから聞こえてくるが、恐怖では無いので、一旦無視する。そのまま出力を上げて、ふわりと機体を垂直に浮かせる。徐々に高度を上げると、アルトが叫び始める。

「ちょ……浮いてます。空を飛んでいます。なんです、これ!!　魔法ですか!!　見た事無いです!!」

どうもこちらに摑みかかりたそうだが、シートベルトが邪魔でこちらまで手が届かないようだ。

「怖くはないですか？」

「それは……大丈夫です」

思った以上に、肝が据わっている。と言うより、空から落ちる恐怖が想像出来ないという感じだろうか。そんな事を考えながら、高度を上げていく。

「一旦、王国と仰っていた場所、そして敵国の状況を確認します」

そう告げて、蒼穹へと飛び立った。

第3話　キャンピングカーは文明の利器だと思います

暫く飛んでいると、音にも慣れたのか、アルトが大地を見つめながら感嘆の声をあげる。

「鳥、みたいです……」

「喜んでもらえて、嬉しいです」

声を返しながら、眼下を覗くと思った以上に大自然だ。『ちず』と照らし合わせながら進んでいるが、眼下には細い道と手付かずの自然だけが見える。何故あの場所に祭壇を築いたのか、さっぱり分からない。これだけの道を延ばすのもそれなりの労力だろうに……。見覚えのありそうな獣達が闊歩《かっぽ》する上空を勢い良く通り過ぎていく。

ふと、声が無くなったので隣を見ると、ほんの少し紅潮した顔でもじもじしている。あぁ、色々とあってそのまま連れて来たからか。そう思い当たり、岩が無い平野を探す。丁度ぽっかりと空間があったので、そのまま着陸する。ローターの回転を止めて、ヘルメットを脱ぎシートベルトを外す。アルトのヘルメットとシートベルトも外す。

「何でしょうか？」

「少し、休憩です」

そう告げて、扉を開き、逆サイドに回ってアルトをそっと抱えて、地面に降ろす。一瞬ふらりとしたが手で支えると、にこやかにそのまま立つ。

『せいぞう』で探すと工事現場の仮設トイレもあったが、余りにもそのまま過ぎてレディには失礼かと思い、旅行に使っていたキャンピングカーを選択して、ぽこりと生み出す。座標の指定に慣れたのか、今度は音一つしなかった。

「これは？」

「動く家のようなものです。どうぞ、お入り下さい」

鍵を開けて、後部の扉を開く。

「そちらが、シャワールーム。こちらの扉がトイレです」

シャワーと言う言葉には首を傾げていたが、トイレと聞くと目を見開く。ビンゴ……か。使い方を簡単に説明し、飲み物を用意する旨を伝えると、こくこくと頷きが返り、慌てるそぶりは見せないまでも可及的速やかに突進して、ぱたりと扉が閉じられた。

簡易冷蔵庫を開くと冷えた飲み物がぎっしりと詰まっている。最後に使った状態を再現しているっぽいのかな。消費した分がどうなるのか、少し気になる。棚を開けると、缶詰やパスタの乾麺などもそのまま残っていた。運転席に座り、エンジンをかけると、燃料は満タン、水、電気、ガス圧もフルになっている。どこまでが『ほきゅう』の対象かは分からないが、有機物まで補給されるのなら、食料や水には困らないか。念の為キッチンのシンクの蛇口から水を出してみると、懐かしい水道水の味がして、苦笑が浮かぶ。

資料の方をぱらぱらとめくっていると、『せいぞう』と『ほきゅう』の近くに、『かくのう』と『もどす』のコマンドがあった。『かくのう』は状況を保持したまま対象を別の空間に移動させるようで、『もどす』は文字通り元の状態に戻すようだ。新しく追加された糞便などがどうなるのかは気になるが、試してみれば良いか。神様の行いなんて、良く分からない。

ふと足元をくすぐる感覚に気付く。子犬がすりすりとパンツの裾に顔を擦り付けている。少し深めの皿に水を汲んで床に置くと、嬉しそうにぺしゃぺしゃと舐めだす。頭を軽く撫でると、人懐っこいのか、笑顔でひゃうと鳴き、そのまま水に戻る。

トイレ用擬音装置のメロディーが途絶えると、水が流れる音が響き、扉からほっとした顔のアルトがちょこりと顔を出す。

「あの、ありがとうございました」

「いえ、無粋なもので気付かず、ご迷惑をおかけしました」

そう告げると、ほのかに顔が赤らむ。冷蔵庫からカクテル用の生オレンジジュースを取り出し、グラスに注ぎ渡す。アルトが目を瞬きながら、受け取り、匂いを嗅ぐ。

「綺麗……。こんなに綺麗な器、初めて見ました」

潤んだ瞳でグラスを見つめているのを横目に先に飲んで毒では無い事をアピールする。

「緊張して、喉も渇かれたかと。どうぞ」

にこりと微笑み伝えると、こくこくと頷き、可愛らしくグラスを傾け、目を見張る。

「やっぱり……。もっと冬の果実なのに……。でも、美味しい」

驚きよりも、味に負けたのか、少女らしく、コクコクと飲み干すと、ほっと息を吐く。

「あの……。このような魔法など見た事がありません。伝承でも聞いた事は無いです。さぞ高名な魔法使い様だったのですか？」

口調が改まっているのを聞き、少し苦笑が浮かんでしまう。

「そう言う訳ではないです。ちなみに、魔法と言うものが全く理解出来ません。どういう事を指すのでしょう。教えて頂いてもよろしいですか？」

尋ねると、刃物を貸して欲しいと言う。キッチンの棚を開けて果物ナイフを渡すと、刃の美しさに驚いていたが、決心したように指先で刃を引く。つぷと膨れる赤玉の塊。私が慌ててティッシュを数枚取り近付こうとすると、手で制される。何かを念じるような素振りを見せると、指先が淡く輝く。すっと指先を出してくるので拭ってみると、傷は跡形もない。

「私は癒しの魔法を使います。ただ、あまり大きな傷を対処する事は出来ません。慣れていけば成長するようですが、中々機会が無いのです」

少し苦い笑みを浮かべる。

「癒しの聖女……ですか。素晴らしいですね」

微笑み呟くと、ぽっと頬が紅潮する。若干照れながら、キャンピングカーの中をきょろきょろと興味深そうに見回すので、自由に見て良いと伝えると、瞳を輝かせる。てて っと棚に近付いては開いて、驚くのを繰り返している。

それを横目に頭の中で魔法について考える。そのものずばり、『まほう』と言うコマンドはあった。ただ、『ほのお』とか『みず』とかは理解出来るのだが、『めてお』はやり過ぎだと思うし、『ころにーおとし』は魔法じゃない。コロニーがあるのか？　どう考えても突っ込んだら負けなんだろう。これは封印しておこう。

指先に蠟燭大の大きさの炎を思い浮かべると、空間が淡く輝き、ぽっと丸い炎が浮かぶ。はぁ、魔法使いか……。その辺りの路線で弁明して信用してもらうか……。少し素性に関して考えていく。

車内の様子を確認して満足したのか、キラキラと輝く笑顔でアルトが梯子を降りてくる。私はチェアーに膝を組んで眺めていたが、そろそろ先に進まないと祭壇近くに置いている馬車の馬達が可哀想だなと、出立を告げる。こくりとした頷きに合わせて立ち上がり、先にタラップを降りて、エスコートする。

扉を閉じた段階で、キャンピングカーを対象に『もどす』と考えると、ふわりとその場から消える。糞便もその辺りに撒き散らされている訳でもない。後で汚水タンクの確認だけしておこう。

そう思いながら、再度ヘリコプターへの搭乗を手伝い、空へと舞い上がった。

第4話　戦争の理由と言いますが、そんな訳が無いと思います

　少し心の距離が縮まったかと思い、戦争の原因などを確認していく。どうも春蒔き小麦の不作の為、飢饉《ききん》が広がっているらしい。アルトの国『タルリタ』でも生存ぎりぎりの小麦しか収穫出来ず、農家の人は税を納める事も出来ない状態だそうだ。戦争を起こそうとしている隣国『バーシェン』も場所的に大きく離れている訳ではなく、同じく不作。その為に略奪を企てているというのが国王側からの見解のようだ。また『タルリタ』領地の農村では、ある限りの作物が召し上げられたらしい。王都に立て籠もる前提なら分からなくもない。先に農村への略奪を恐れるのも分かる。ただ、農村の民はそのまま置き去りになっているそうだ。王都に収容するならまだ分かる。食料も無く、置き去りにされた農村の民は飢え死にするしかないのだろうか……。

「あ、見えました。あれが一番南の農村です」

　そろそろ八十キロを超えたかと思った辺りで、アルトが地表を指さす。見ると、粗末な掘っ立て小屋が数軒に茶色い畑が周囲に広がっている。細い川が村の端に流れているが、水遣りにも苦労するだろう。薄く茶色く見える部分に緑がほのかに浮かんでいる。野菜関係なのだろうが、それで食

べつなぐのも難しいと考える。何人かの農家の男性が棒状の物を持って、近くの林に分け入ろうとしているのが微かに見える。専業の猟師でもない人間が、獲物を得るのは難しい。操縦桿を握る手が、現状に対する憤りで若干固くなるのが分かる。

徐々に道は太くなり、点々と村が見えてくるが、どこも同じような惨状だ。人権なんて概念が存在するかは分からない。それでも、この状況は看過するには、辛い。

「あぁ、見えました。王都『タルリタ』です!!」

アルトが指さす先には、比較的大きな集落が見える。上空でホバリングしながら下を覗くと中心に大きな石造りの建物があり、その周囲を比較的小奇麗な木造住宅が囲んで広がっている。あれが、王城なのだろう。ざっと数えて、四百軒程の町。六人家族と考えても二千四百人か。到底兵力が維持出来るとは思わないのだが……。東西南北それぞれに門があり、比較的大きな建造物が門の内側に建っている。あれが兵舎なのかな？　町の周囲は何層かの石壁で覆われている。拡張の度に壁を建設したのだろう。町の周辺には広く畑が広がっている。現在は刈り取りが終って茶色だが、もう少し前ならば黄金色の絨毯だったのだろう。一部は緑に覆われている。あの辺りは野菜関係かな。

「では、このまま北西に進みます」

こまめに『ほきゅう』しながら、先に進む。どうも交易か何かで往来はあるのか、はっきりとした道が続いているので、そのままそれに沿って飛び続ける。

「あぁ、村です!!」

指さされた場所でホバリングを始めて観察するが、どう見ても先程の農村と文明度が違う。しっかりした建物に縦横に引かれた灌漑用水。畑の方も小麦が終わってすぐと言うのに、緑に埋め尽くされている。大麦かマメ科の植物だろうか……。

そのまま先に進んで分かったのだが、どの農村も手厚く設備対応されており、次の収獲に向けての動きが進んでいる。王都と思われる方面に進めば進む程、豊かで規模の大きな農村が広がっているが、荒んだ様子は皆無だ。

「王都『バーシェン』は、あの辺りでしょうか……」

アルトが指さした先に、小さく見え始める町。近付いてみると、その差は歴然だった。建物の数は、ざっと二千軒は下らないだろう。川の傍に建てられた一際大きな建物が国王の居城なのだろう。町の全周を緩やかに木造の柵や壁で覆っている。その上、王城の周囲が大規模な公園になっており、その周囲が石積みの壁で覆われている。一万や二万の民衆が避難する事は容易いだろう。

ここで違和感が頂点に達する。この国が飢饉を理由に攻め込む？　意味が無い。既に次の収獲に向けて動いている。飢饉が発生したとしても、そこから立ち直る事が出来るだけのインフラが整っている。王城の周辺には味気の無い真四角の建物が建っているが、あれは穀倉だろう。そこまで考えている国がたった一度の飢饉で賭けに出る訳は無い。

五千人からの兵士の輜重《しちょう》と消費を考えると、戦争に討って出るより、耐え凌いだ方がまだ先につなげる。乾坤一擲なんて、国の方針として落第点だ。人が動けば、その分必要のない食料と出費が嵩《かさ》む。その上、勝てるか勝てないか分からない賭けに出る理由が謎だ。アルトの国『タルリタ』だって千や二千の兵はいる前提だ。拠点で防戦に集中出来れば、五千でも損害は出るだろう。

『とけい』で確認すると、十月十日。収穫が終わって暫く程度か……。間違い無く、『タルリタ』側に何か裏がある。その確信を抱き、暗澹《あんたん》たる気持ちを胸に、進路を帰路に向ける。

「現状は確認出来ました。一旦祭壇まで戻りましょう」

「はい、アキ様」

「様はいらないです。ただの老人ですから」

「では、アキさん」

「慣れるまではそれで結構です」

心の中をひた隠しに、微笑みを返す。アルトは向こうの状況を見ても特に何も感じてはいないようだ。中世レベルの文明レベルでも権謀術数は確と存在するのか。あぁ、色々と策を練らないと駄目だろうな。そう思いながら、進路を南東に向け、直進を始めた。

第5話　お馬さんの寝床と夕ご飯

祭壇近くの草原にヘリコプターを降ろし、ローターの出力を下げていく。完全に停まったところで降り、アルトを抱える。少し恥ずかしそうに眼を伏せているが何か心境の変化でもあったのだろうか。『もどす』でヘリコプターを消すと、アルトが馬車の近くで小さな棒を咥《くわ》える。顔を真っ赤にしながら息を吹き込むが、音は聞こえない。暫くすると、とすっとすっと言うリズミカルな音が響き、二頭の馬が近付いてきて、アルトの前で止まる。その首を撫でると、嬉しそうに顔を振る。

「タルト、ディン、おかえり。ふふ、こら、あまり舐めないの」

アルトが二頭の馬に触れあっているのを眺めながら、冷気に身震いを感じる。

「夜は、冷え込みますか？」

そう問うと、少し考え込み、こくりと頷く。

「この辺りは草原地帯です。風を遮る物もありません。冷え込みます」

その他、馬を捕食するような動物がいるかと聞くと、イヌ科の生き物が少数の群れを成している事はあるそうだ。ふむと考える。そろそろ十六時を越えており、空は茜に染まり始めている。

知り合いの馬主さんの厩舎を修繕したなと思いながら『せいぞう』で探すと、厩舎を発見したので生み出す。閂《かんぬき》を開けて中を覗くと、臭いも無い。アルトに馬を引いてもらい、室内に入れる。清潔な下藁が敷かれており、奥の倉庫を開けると、飼料の袋が出てくる。バケツ一杯にいれて、柵の所に引っ掛けると、馬達が器用に首を伸ばして、ふんふんと匂いを嗅ぎ、もそもそと食べ始める。別のバケツに『まほう』の『みず』で水を生み、引っ掛けておく。様子を見ていると、しゃばしゃばと飲んで、また飼料に向かうと言う感じで、満喫している。可愛いなとアルトと覗いていると、満足したのか、下藁にころんと横になり、ポジションを調整して、口元を動かしながら、徐々に瞼を落としていった。

「安心した様子ですね。このまま寝かせてあげましょう」

「分かりました。また明日ね、タルト、ディン」

アルトに告げると、そっと頷き、ゆっくり静かに厩舎から出て、閂をかける。

再度、キャンピングカーを出し、エンジンをかける。エアコンを調整し、少し空気を暖める。

「アルトさん、お手を拝借します」

そっと右手を差し出し、タラップをエスコートする。扉を閉めて、鍵をかける。念の為、開け方はアルトに教えた。

抱えていた子犬がふんすふんすと掌の匂いを嗅ぐ。内臓が動く感触がするので、お腹が空いたのかな。昔飼っていた犬のミルクとかで良いのかと思い、パック入りの犬用ミルクを『せいぞう』で探す。便利と言うか、何と言うか。キッチンスペースに生みだし、湯煎して温める。水をあげた時に、冷えたのかお腹の調子が悪くなったし、舐めるのもまだ上手くはいかない。生後数日の子供のようだ。小さな哺乳瓶を取り出し、ミルクを入れて口元に持っていくと匂いを嗅いで、必死に首を伸ばし、ちゅいちゅいと吸いだす。掌の温もりと合わさって、リラックスした表情で、飲んでいる。

「可愛いです……」

アルトが同じようにしゃがんでうっとりと眺める。女の子は小さい物が好きだなと、軽く笑いが漏れる。それに気付いたのか、ぽっと頬を紅潮させる。

「あ、あの、その。犬。犬です。犬が好きなんです!!」

出会った時の悪感情は霧散したように、ころころと表情を変える。まだまだ子供だ、可愛いものだ。窓から入る薄暮も徐々に藍に染まっていく。十分に飲んだところでとんとんと子犬の背中を叩き、ゲップをさせる。そろそろ夕食の支度をしようかと、電灯のスイッチを入れると、ふわりとLEDの照明が灯る。アルトが驚きの顔で見上げる。

「火……の色でも無いです。でも明るい……」

説明するのが面倒なので、魔法と伝えると、少し機嫌が悪くなった。でも、ぷくりと頬を膨らませる少女と言うのも可愛いので、良いかと。

「何か、食べられない物はありますか?」

エプロンを着けながら聞くと、恥ずかしそうに苦い物は苦手と呟く。お子様な味覚なのかな。それ程手間をかけたくないと言うのもある。棚を開けるとオイルサーディンと乾燥ニンニクと乾燥トウガラシがあったので、アーリオ・オリオ・ペペロンチーノを思いつく。オリーブオイルも……あるか。

寸胴の鍋に水を入れて、沸騰させる。その間に、オイルサーディンの油を切って、ざく切りにしておく。トウガラシは種を取り、細かく手でちぎる。乾燥ニンニクはスライス済みなのでそのままで良い。沸騰した湯に塩を軽く一握り加え乾麺を投入する。パスタのサイズは何種類か用意しているがフェデリーニ（太さ1．4ミリのパスタ）辺りの細いパスタが望ましい。ここからは時間との勝負と言う事で、フライパンに多目のオリーブオイルを注ぎニンニクとトウガラシを投入し加熱する。刺激的な香りが上がり、ぷつぷつと気泡が生まれるのを見ながらざっとニンニクが狐色になるまで炒める。皿にはゆで汁を注ぎ、温めておく。良い色合いになったタイミングで、ゆで汁をフライパンに注ぎ、揺すって乳化させて、とろりとした瞬間に、ザルに空けたパスタを投入し、強めに揺すって空気を含ませる。ふわりとソースが絡まったところで、皿をお湯で流し拭いた上にトングで捩じりながら少し山になるように盛り付ける。

「さぁ、食べましょうか？」

テーブルを引き出し、向かい合わせに椅子に座る。銀製のフォークをナプキンの上に乗せて置き、グラスにグレープフルーツジュースを注ぐ。ちなみにオレンジジュースは元に戻っていた。

アルトはフォークをしげしげと眺めている。

「何か、問題でもありましたか？」

「いえ。このような食事の道具と言うのは初めてみました……。普通は匙《さじ》と串です。それに綺麗な金属ですね」

「なるほど。ありがとうございます。それ、銀ですね」

何気なく呟くと、ぎょっとした顔が返ってくる。貴金属で道具を作るのは酔狂とか考えているのかな。そんな事を考えながら、くるくると巻き上げて、口に運ぶ。もう長く、流動食の生活か点滴の生活だった為、脳の芯が痺れる程に美味しい。あぁ、またこうやって食事が食べられるとは。鰯《いわし》のほろりとした食感と、乳化した若干とろみを感じさせる滑らかなソースが官能的に舌の上で躍る。

アルトの方はどうもパスタを食べるのが初めてのようで、こちらの食べ方を見様見真似で、はむりと頬張る。その瞬間、笑み崩れる。

「塩の味……それに魚の香り、香草とひりっとした辛み。それに、この長い食べ物も小麦の香りがします!!　贅沢です。美味しいです!!」

そこからは、巻き上げるが早いか、ぱくぱくと食べ進める。眺めていて気持ちの良い食べっぷりだった。私も食べられる量は少なめだったが、久方ぶりの食事に満足出来た。食べ終わったアルトが口を開けて放心している隙に、食器類を回収し、洗い物まで済ませてしまう。

「さて、色々ありました。今日はお疲れでしょうから、シャワーで汗を流して、お休みになりますか？」

そう聞くと、くてんとアルトが首を傾げる。

「あの、先程もお聞きしたかったのですが。シャウアーとは何ですか？」

ふむ、根本的な問題はそこだったか。

第6話　はじめてのしゃわーたいむ

「お湯を浴びて、体を洗う事です。今まではどのように体を清めていたんですか？」

「はい。暖かい時は水で、寒くなったらお湯を使って、布で体を拭いていました」

そう告げる、アルト。女の子なので髪の毛もその時にタライに浸けて洗っていたらしい。そう言う事情なら仕方がない。説明をしようか。

「では、説明をします。私は下着姿になりますが、気になさらないで下さい」

スーツとシャツを脱ぎ、ハンガーにかけて、一旦クローゼットに仕舞う。ふとクローゼットの鏡で見ると、体つきはやはり六十の頃の姿だった。入院してからは運動も碌《ろく》に出来なかったし、内臓の不調や水が溜まり餓鬼のような姿になっていたなと苦笑が浮かぶのを噛み殺し、大き目のバスタオルを取り、アルトに差し出す。

「服を全て脱いで、この布で体を覆って下さい」

そう告げると、こくこくと頷きが返る。シャワー室の扉を閉じると、衣擦れの音が聞こえ、準備が出来た旨が扉の奥から聞こえる。扉を開けると、バスタオルを巻いたアルトが少しワクワクした顔で待っていた。ポンチョ姿では気付かなかったが、慎ましやかとは到底言えない立派な双丘がバスタオルを押し上げている。もっと大判の物があれば良かったのだが。今まで着ていた服は軽く畳んでシャワー室の外にそっと置く。

「壁のここを押すと、この管からお湯が出ます。試してみますね」

シャワーヘッドを伸ばして、排水口に向かって固定し、壁のボタンを押すと、少し水が出て、お湯に変わる。あまり熱いのも慣れていないかと、四十度に設定している。おずおずとアルトが手を伸ばし、お湯に触れると、こちらを向いて、驚いた顔を見せる。

「お湯で体全体を清めたら、この瓶を押して下さい。髪を清める薬が出ます。十分に清めたら、お湯で洗い流して下さい。試してみましょうか？」

そう訊ねると、こくこくと頷く。

「では、目を瞑って下さい。怖くは無いですか？」

「はい、大丈夫です」

そっと足元にお湯をかけると、びくっと驚いたように反応するが、暫く当てていると慣れたのか、徐々に足元から上がっていき、腕から肩を濡らしていく。

「では、頭にかけます。耳の中には入らないように気を付けますが、何かあれば言って下さい」

そう告げて、頭にシャワーを向ける。耳の穴を避けながらお湯を含ませていく。十分にしっとりとしたところで目を開けても良いと伝える。

「では、次はどうするのでしょうか?」

聞くと、リンスインシャンプーのボトルを指さす。低刺激の物なので、慣れていない人間でも大丈夫だろうとは考える。正解ににこりと微笑みを返し、ポンプディスペンサーを押し込み、シャンプーを少し多めに取る。ポンチョの中に入れていたのだがこの子、髪の毛が長い。腰まで届きそうだ。掌で泡立ててからそっと頭に触れると、一瞬緊張するが、頭皮を意識して洗い始めると、目を細めて気持ち良さそうな表情に変わる。前髪も頭頂の方に集めて、目にシャンプーが入らないように髪全体を優しく扱いていく。

「では、目を瞑って下さい」

素直に目を瞑ったのを確認し、シャワーで髪の毛を洗い流していく。軋まない程度に流したら髪の毛を掻き上げて背中の方で、少し絞る。

「はい。終わりました。目を開けて大丈夫です」

そう告げると、息を詰めていたのか、ぷはっと吐き出す。スポンジにボディーソープを適量注ぎ、もきゅもきゅ握り、泡立ててから手渡す。

「お湯の出し方は分かりますね。私は出ますので、布を外して、これで体全体を清めて下さい。その後、お湯で洗い流すだけです。扉を開ければ、拭く物と下着、寝間着を用意しておきます。下着は上を向いている方が前です。上下は、寝間着を見て判断して下さい。では、後程」

こくこくと頷くので、一礼し、シャワー室から出て、ハンドタオルで飛沫を拭う。孫の物で良いかと、身長百五十センチ程度を対象としたスポーツブラとパンツ、それにもこもこした素材のパジャマを『せいぞう』で生み出し、床に置く。乾いたバスタオルを棚から取り出し、それも一緒に並べ、シャワー室側のカーテンを閉じる。私はクローゼットにかけてあるバスローブを羽織り、つっちゃんから預かった書類を読みながら、頭の中の情報と整合させていく。

子犬は食事が終わって眠たいのか、ひゃうひゃうと鳴く。書類を見ながら、太ももの辺りにぽてっと置くと、安心したように大人しくなる。

書類をざぁっと読み終え、咀嚼《そしゃく》する。その後、今日得た情報から仮説を立て、今後の行動を考えた辺りで、水音が途絶える。扉の開く音、衣擦れの音が微かに響く。カーテンの端から湿った頭がひょこりと覗き、終わりましたと告げてくる。

「あの……こんなの初めてでしたが、気持ち良かったです……」

にこりと微笑みを返す。机の引き出しからドライヤーを取り出し、シンクの下のコンセントに差し込み、アルトを手招いた。背中を向けさせて、ドライヤーで髪を乾燥させていく。髪は濡らしたままだとキューティクルが閉じずに水分が抜けてパサついてしまう。出来る限り早めに乾燥させた方が、熱のダメージよりましだ。熱風で全体を乾かし風を送りながら真っ直ぐに整えていく。癖の無い、ブラウンブロンドの髪がしっとりと艶を浮かべたのを確認し、ドライヤーを止める。

「さぁ、お嬢さん。終わりましたよ」

声をかけて、クローゼットの姿見に誘導すると、ぺたぺたと自分の顔を触りながら、呆然とした表情を浮かべる。

「綺麗……。水面よりはっきりと見える。これが、私……？」

初めての出会いの際は、少しくすんだ印象だったが、今の彼女はどこにでもいる女学生と言う感じだろうか。一通り、表情筋の体操を終えたアルトが、はっと表情を変える。

「あの、すみません。こんな何も無い場所で、貴重な薪や水を頂いて。それにこんな上等な服を貸して頂くなんて……」

あわあわと申し訳無さそうな顔をするアルトの口元に、人差し指でそっと触れる。

「私がしたいと思ったから、するのです。お気になさらず。もし、喜びを感じたのであれば、感謝の方が嬉しいです」

にこりと微笑み、ウィンクをすると、花が綻ぶようにアルトが微笑む。

「ありがとうございます、アキさん」

その言葉に、左手を胸に当て、大仰に一礼する。

「お気に召して頂ければ光栄です。お嬢様」

そう告げて、頭を上げると、クスクスと笑い始めたアルトの姿があった。

第7話 『せいぞう』に関する謎と万歳する獣

私もシャワーを浴びようと考えて、棚をスライドさせて大型モニターを露出させる。ディスクの中から、小動物の環境映像を取り出して、プレイヤーに入れる。暗かった画面がほのかに輝き、可愛らしい音楽が立体音響で車中に響く。画面には愛らしい子猫が眠りながら、空中で前脚がぴくぴくと手招きしている映像が映し出される。

「はっ!! か……可愛い……」

アルトが何かに誘われるかのようにモニターに腕を伸ばすが、モニターに阻まれる。残念とも懇願ともつかない八の字眉毛でこちらを向くが、そっとオレンジジュースを差し出す。

「動く絵のようなものです。私もシャワーを浴びてきます。その間の無聊《ぶりょう》はそちらを鑑賞して慰めてもらえますか?」

そう告げると、モニターに釘付けになったアルトが両手でグラスを受け取る。こくこくと頷き、オレンジジュースのグラスを傾けている。

床に降ろした子犬が、起きたのか、てとてとと覚束ない足取りでこちらに向かってくるが、途中のアルトに阻まれる。ひゃうっと鳴くと、丁度子犬がミルクを飲んでいるシーンになった瞬間だった。アルトが画面と子犬を交互に見ると、ふわっと子犬を抱き寄せて、撫で始める。子犬も温もりが心地良いのか、そのまま身を任せている。

アルトが目を輝かせながら、画面と子犬に意識が集中しているのを確認し、まとめておいた下着とバスタオルを持って、そっとカーテンを潜る。『しらべる』でアルトを確認した際に、武器の類は装備していないのは分かっていた。ただ、車内には包丁を始め、武器になる対象がある。念の為、意識を逸らしておいた。何かの悪意を抱いたとしても、動いた際に音の響きが変わる。その時はその時で対処すれば良いだろう。この世界で唯一の知り合いだが、無条件に信用出来る訳でもない。

温度設定を少し上げて、熱めのお湯を頭から浴びる。入院してからは、病院のお風呂で落ち着かなかったし、寝たきりになってからは清拭を受けるだけだったので、何とも心地が良い。髪と全身を洗い、熱いお湯で流し終え、バスタオルで体を拭う。下着を着けてバスローブを羽織った。

アルトの分も含めて、汚れ物に関してだが、流石に洗濯機までは設置していない。

元々、忙しい合間に思索の時間を作るため別荘を購入しようと思った時に、移動が面倒臭くてキャンピングカーにしたのが始まりだ。休暇と言っても、一泊程度が限度なので、その一泊を最高の時間にすると言うコンセプトで改造してもらった。そのため、バッテリーは別に大容量の物を積んでいるし、水のタンクも容量を増やした。料理も好きだったので、ガスボンベを搭載出来るモデルを選んだ。

ふむと少し考え、『せいぞう』で同じ物を生めないかと考えると、アルトのポンチョがぽこりと増えた。見ると、綻んだ部分や擦り切れた部分なども直っている。良いか悪いかは着る時に判断してもらおうと、一旦汚れ物とタオルに分けておく。

トイレを使った気配は無いので、そっと外に出て、汚水タンクを調べるが消臭剤の香りしかしない。オレンジジュースも補充されていたので、『せいぞう』は補給されていると言うより、元に戻っているか新規に作り直されている印象を受ける。そう考えると、内装に関しても傷一つ無かったなと。

ふぅと息を吐き何気なく視線を上げると、澄んだ星空に大きな月が浮かんでいた。

車内に戻り、カーテンからそっと中を覗くと、猫の赤ちゃんがお腹をくすぐられた後に、急に手を離されて驚いている映像が流れており、アルトは子犬のお腹をくすぐり、同じように動くかを試しているようだった。子犬も律儀に手を離される度に、万歳をしている。カーテンを開けると、アルトが振り返り、みるみる頬を赤く染める。

「み……見ました？」

にこりと微笑み冷蔵庫から、水を取り出し、グラスに注ぎ、飲み干す。飲むか聞いてみると、ふるふると首を振られる。グラスに注ぎ直し、テーブルに置く。アルトは子犬をひしっと抱き、撫でているが、子犬はこちらに来たそうだ。

「何をでしょうか？」

「あの、この子犬、名前は何と言うのですか？」

「まだ、生まれたばかりで付けていないのです」

そう告げると、少し残念な顔になる。

「付けてもらえますか？」

そう訊ねると、ぱぁっと表情が輝く。うんうんと考え始める。

「可愛いので元気に育って欲しいです……。うーん、ここは、レティと言うのはどうでしょうか？」

響き的には女性のような感じを受ける。確認したが、子犬は雌だった。

「どのような意味ですか？」

「はい。狩りを司る女神様に従う狼の名前がレティケッタです。そこからもらいました」

にこにことアルトが告げる。特に名前までは考えていなかったので、良いかなと。

「では、レティと名付けましょう」

そう言うと、アルトが嬉しそうにレティ、レティと構い始める。ただ、疲れているのか、欠伸を浮かべる。どのような生活リズムかは分からないが、普通暗くなったら寝るものかと思い至る。

「詳しい話は、明日の移動の際にでもお願いします。今日は寝ましょうか」

そう聞くと、こくりと頷く。甘い物を飲んだので、新しい歯ブラシを渡して、歯磨きの仕方を教える。

「飲み込まず、口をすすいで下さい」

そう言うと、素直に歯を磨き始める。もこもこと泡が出てくるのには驚いた様子だが、慣れた手つきで磨いている。歯磨きと言う概念はあるのかな。そんな事を思っていると、コップを傾け、ぺっと吐く。

「凄く、冷たい感じがします。こんな香草を食べた事があります」

少し興奮しながら、はーっと息を吐き、くんくんと楽しんでいる。念の為と言う事でトイレも済ませて、準備万端だ。

「では、アルトさんは上で寝て下さい。不用心なので、鍵をかけておきます。内側からも鍵はかけられますので、何かあったら叩いて下さい。私は眠りが浅いので、起きます」

そう告げながら、梯子を昇り、布団を敷く。毛布に羽根布団もあれば大丈夫だろう。エアコンも別に独立して付いている。どうぞと言うと、わくわくした顔で昇ってくる。布団にもそもそと潜り込むと、感嘆の声をあげる。

「軽いです!! それに暖かい……」

ふわふわした羽根布団の感触にうっとりするアルトにもう一つのプレゼントを渡す。天井のボタンを押すと、ルーフが開いてガラスが露出して夜空が全面に広がる。アルトは溜息ともつかない声をあげながら、夢中で夜空を眺める。寒冷地用にガラスは二重になっているので、寒くは無いだろう。

祭祀を司ると言うだけあって、あの星にはこんな意味があると説明してくれていたが、温もりが広がるにつれて、朦朧としてくる。

「では、良い夢を」

寝静まったのを確認して、鍵をかけて梯子を降りる。寝首を掻かれる訳にはいかないので、取り敢えず用心はしておく。ふと視界を下げると、床でうとうとしているレティを見つける。

「レティ、おいで」

そっと掬い上げて、ソファーにかけて太ももの上に乗せる。レティがもぞもぞとポジションを探り、安心したようにふにゅぅっと崩れて寝入る。

私は改めて書類を読み込みながら、不測の事態への対応を考え、試していく。流石に日本人に取っては眠るにはまだ早い。夜はこれからだ。

テーブルのグラスを取り、都会では遠かった窓から覗く月に杯を掲げ乾杯と独り言ちた。

第8話　レティとの会話とトラックでの道行き

説明書を読み、仕様を確認していったが、どうも『ちず』に周囲の生物を表示出来るようだ。表示する相手も種族やサイズなどで細かく決められる。レーダー画面のように周囲十メートル程を視界の端に半透明に表示させる。近くの五十センチ以上の生物を指定すると、馬二頭とアルトが光点として表示される。私に対しての感情で色も変えられるようなので、害意がある対象は赤、それ以外は緑にしておく。すると、三つの光点は緑に変化する。後は、警報の設定もあったので、赤い対象が百メートル圏内に入った場合は警報をあげるように設定する。これで取り敢えず、身の回りの安全をそこまで気にする必要は無いかと、安心する。

太ももの上では、レティが寝息をたてながら、夢の中だ。

そう言えば、『はなす』で思考能力がある対象との会話は可能と記載されていた。昔、犬を飼っていた時も意思疎通が出来れば楽しいだろうなと思っていたので、少しワクワクする。『はなす』の対象にレティを加えて、軽く揺する。ふわっと小さな欠伸をしてひゃうと鳴く。同時に通訳されたのか、頭の中に、意味のある言葉が聞こえる。

『ねむー』

昔、室内犬を飼っていた時のベッドを生み出し、そっと床に置く。レティを乗せると、もぞもぞと掛布団の中に潜り込み、方向転換して、ちょこんと顔を出す。

『ぬくー』

ひゃんと嬉しそうに鳴き、しかし、少し寂しいのか、じっとこちらを見つめてくる。そっと首の下と耳の辺りをくすぐると、嬉しそうに顔を擦り付けてくる。暫く相手をしていると、温かくなってきたのか、うとうととし始めて、そのままくてんと頭が落ちる。私は、テーブルを収容しソファーを拡張してベッドに変える。何かあった時の為にヘッドボードの部分の肘掛けにレティのベッドを置く。子犬の頃は何度か夜中に授乳の必要があった筈だ。そう思いながら、今日のイベントを思い起こし、整理しながら、目を瞑る。久々の日常生活の疲労が出たのか、徐々に微睡みから、深い眠りに落ちていった。

異世界生活二日目。夜中に何度かひゃんひゃんと起こされたが、眠る時間が早かったので、そう苦でも無い。起こされる度に念の為キャンピングカーの『ほきゅう』は行った。

窓のスモークを下げると、地平の彼方がほのかに白《しら》じんでいるのが分かる。もう、六十を過ぎた頃には夜明け前に目が覚めていたなと、思い出しながら毛布を畳む。歳を取ると、眠る体力も無くなるので、長い時間眠るのも辛い。若い頃はなるべく長く起きていたいと思っていたが、歳を取ると願わくば眠りたいと思い、人生は儘ならないなと苦笑が浮かぶ。軽くストレッチで体を解し、ソファーベッドを格納し、梯子の上の鍵を開ける。

そろそろレティが起きてお腹が空いたと言いだしそうなので、ミルクを湯煎にかける。並行して、パンをオーブンに入れてトーストしながら、缶詰を開けて、ランチョンミートを焼く。付け合わせはピクルスで良いかなと、棚の中を覗きながら考える。

匂いの変化で目が覚めたのか、レティの鳴き声が聞こえる。ランチョンミートの方は外側がカリッと焼けているので火を消し、余熱で中を温める。

湯煎していたミルクを哺乳瓶に入れてベッドに近付く。掛布団に絡まって、じたばたとしていたが、剝がしてあげるとくるりと伏せる。


『おなか、すいたー』

こちらを見上げて、ひゃふっと鳴く。軽く頭を撫でて抱きかかえ、哺乳瓶を口に当てると、嬉しそうに吸い始める。暫くミルクをあげていると、ガラリと天井が開く音がして、アルトがトントンと梯子を降りてくる。

「おはようございます」

微笑みながら朝の挨拶をしてくるので、おはようございますと返すと、可愛らしく、くーっと言うお腹の音。アルトが顔を染めるが、聞かなかった振りをする。どうも、朝食の香りに誘われたか、起きてきたようだ。レティの口元を覗き込んで、羨まし気に何かを言いたそうに悩んでいる。

「もしよろしければ、お手伝いしてもらえますか？　朝食の用意の続きをしたいのです。レティにミルクをあげてもらえれば助かります」

「えっ……。良いんですか!!」

ぱぁっと輝くような笑顔になり、いそいそと交代する。そっとレティを抱きかかえて、吸い口を含ませる。動物用でも一番小さな物なので、誤嚥《ごえん》や吐くといった心配はいらないだろう。昨晩使ってみて、それは問題無かった。

その間に皿を温めて、パンとランチョンミートを盛り付ける。ピクルスは汁が出るので、別の小皿に分ける。温《ぬく》もっても気持ち悪いだろう。最後に冷えたオレンジジュースをグラスに注ぎ、朝食の準備は完了となる。レティの方も満足したのか、アルトが背中をポンポンと叩き、けふっとするとベッドに潜り込んで休憩し始める。

「終わりました」

アルトがそう言って哺乳瓶を渡してくるので、シンクに置く。朝食後はそのまま移動のつもりなので、洗い物は良いだろう。

「では、食べましょうか？」

そう訊ねると、アルトが嬉しそうに頷く。

バターナイフとバターを渡すと、くんくんと嗅いで、驚きの表情に変わる。

「これ、バターですか？　まだ冬にもなっていないのに……。どうやって……」

話を聞くと、家畜でヤギやヒツジは飼っているらしいが、乳製品は冬の繁殖シーズンに極少量が出回るだけで、中々口に出来ないようだ。

「それに、このパンも小麦のパンですよね……。良い香り……。それに甘い。こんな美味しいパンにバターなんて、贅沢です……」

そんな事を言いながら、バターを塗って、パンを頬張ると、うーんと呻きながら頬を押さえる。その表情は笑み崩れている。フォークでランチョンミートを切り分けると、その柔らかさに目を見張り、口に含むと味に目を白黒させる。

「お肉だと思うのですが、何の肉かが分かりません……。でも香辛料の香りが高くて、美味しい……。塩気もあって、なんて贅沢……」

原材料を見るとブタなのだが、潰されているので分かり辛いだろう。キュウリのピクルスを口に入れた瞬間の酸っぱそうな顔は年相応で可愛らしかった。

「では、本日の旅程に関して説明しますが……」

昨日の晩から考えていたが、三日の距離があると言う事は、三日の猶予があると言う事だ。普通に考えれば、人を迎えても一泊して本日からの移動と見るだろう。百キロ程度ならどんなに道が悪くても三時間もあれば、移動は可能だ。国王へ面談する前に、現地で調査を行いたい。無手で話し合いなど、無理だ。まずは、街の様子、出来れば実際に兵の状況を確認し、会話がしてみたい。

そう告げると、若干驚きの顔を浮かべていたが、昨日のヘリコプターなどの体験が根拠となったのか、同意が返ってくる。ジュースを飲み終えて、食事を終えると、二種類の服を差し出す。脱いだ服と昨日作り出した服だが、何の躊躇もなく、綺麗な方を選ぶ。後、恥ずかしそうに、下着をこのまま着用して良いか聞かれたので、頷きを返す。布で巻いただけのブラと紐で結ぶトランクスもどきよりは着心地が良いのだろう。

カーテンを閉めて、それぞれ着替える。私もスリーピースのスーツとシャツを新たに『せいぞう』で生み出し、バスローブから着替える。

昨日は運よく粗相をしなかったが、可能性を考慮して、レティはベッドごとの移動になる。レティを脇にぶら下げて、キャンピングカーから降りて、アルトをエスコートする。そのままキャンピングカーを『もどす』で消す。特に車内に残している物は無い。アルトは汚れ物も抱えており、そのまま持ち帰るつもりらしい。

厩舎の鍵を開けて、馬の様子を窺うと、朝日に照らされて、もう起きていた。飼料と水を与えて、厩舎から出す。一緒に収容していた馬車も外に出し、厩舎を消す。

移送に関してだが、軍に部品を納品していたトラックの改造車種を使う。荷台の方がかなり高めになっているが、スロープ用の鉄板を生み出し、馬に引かせて荷台に乗せ、そのまま後部の扉を閉める。運転席から荷台へは扉でつながっている。開け放ってアルトが顔を見せると安心したのか、近寄って来て、顔を擦り付けてくる。この辺りの車種は納品の際に、操縦も一緒に教えてもらった。民生品との共通パーツも多いので、運転に支障はない。エンジンをかけた瞬間は馬達が驚いたが、アルトが普通に接していると、落ち着いた。そろそろと発車させても、気にしない。徐々にスピードを上げるが、馬の方は落ち着いたままだ。悪路走破性能が高い為、道無き道でも縦揺れは酷いものの、時速五十キロ前後で進んでいる。二時間もすれば、王都に到着出来るだろう。ただ、途中の村でトラックを見られる訳にもいかないので、かなり手前で馬車に乗り換える必要はある。それでも、六時間から八時間で王都までは到着出来る計算だ。その後の動きに関しては、馬車に乗り換えてから詳細をアルトに説明するつもりだ。今は馬の面倒を見てもらいながら、先に進むのを優先する。

力強いエンジンの音を響かせながら、砂煙をあげて、カーキ色の車体が一路北に向けて進み始めた。

第9話　視点変更～アルト～　アルトからみたアキの印象

ふわふわとした寝心地に意識が失われる刹那、ふとアキさんの事を思い出す。

「ふふ、素敵なお爺様。あんな事を言ったのに、許してくれるなんて……。出会いに感謝を……」

もう途絶える間際の現実の端でふと独り言ちたのが上手くいったかは分からない。

生まれた時から、城と呼ばれる建物の中で暮らしていた。父は物心が付く前に亡くなったと聞いた。母も二年前に流行り病で亡くなった。それからは城の侍従が父親代わりとなった。昔は将をしていたと言っていたが、がっしりとした体格の優しいお爺さん。

癒しの魔法は血統に左右されやすいと言われて、部屋の中で怪我人や病気の人を相手にするのが殆どの日常だった。また、癒しの魔法使いは過去の英霊を呼び出せると言われたのは幾つの頃だろう。

お母さんが健在の頃から城の一室だけが私の世界。小さな窓から見える景色だけが私の異界。十五の誕生日、初めて祭壇に訪問する事になった時は心が躍った。初めての外は感動するほどに鮮やかだった。物静かなお義父さんは一言だけ、すまないと言っていたが、謝る事なんて何かあったのだろうか。他の侍従の人の話をそれとなく聞いていると、あの祭壇は各国の支配下から外れた緩衝地帯になっており、王族達が話し合いをするための場所になっているらしい。難しい話だったので、全然理解出来なかった。

祭壇に立ち、文献を確認して、英霊の呼び出し方を理解したのが初回の訪問だった。体を清めると言って、祠の外の小さな泉で水浴をした時に震えが止まらなかったのを覚えている。なにも冬の最中に水を浴びなくてもとは思った。

「体に変わりはないか？」

護衛の長として同行してくれたお義父さんは手順を覚えた私が祠から出てくると、優しく声をかけてくれた。

「うん、大丈夫」

そう答えると、微笑み、ぽふりと頭を撫でてくれた。

「そういう時は、はい、だ」

「はい、お義父様」

「うむ」

そんな感じで、城に戻るまでずっとお話をしていた。喋るともこもこのお髭が動いて可愛いの。

そんな私の日常。

光を感じて、薄く目を開ける。目の前には青空がどこまでも広がり、一瞬、空を落ちている最中じゃないのかと、どきりとした。周囲を見渡すと、清潔で物凄く真っ白で軽いお布団。あまりの柔らかさと暖かさに、もう少しだけ潜っておきたい気もするけど、下では物音が聞こえるし、何より美味しそうな匂いが漂ってきている。

「うー、懐かしい夢だったぁ……」

最近、お義父さん、お母さんの事を思い出す機会も少なくなっていた。アキさんが優しいから、少し思い出しちゃったのかな……。

でも、六十歳って言ってたけど、凄く痩せているし、服もなんだかすらっとしてて奇麗。お爺ちゃんと言うと、醜悪にぶくぶく太っている人ばかりだったけど……。

お顔は少し顎が細いのかな。国では、四角っぽい顔の形の男の人が多い印象だけど、少し女性っぽい三角形。お髭は全然生えていなかった。髪は光に当たる度に輝きが変わる。昨日の夕ご飯の時の食器の銀と同じような色……。お義父様はがっしりとした体格だったけど、昨日服を脱がれた時は、そこまでごつごつした感じはしなかったかな……。でも引き締まっていて、体を動かす度にその下にある筋肉はその存在を訴えていた。女性みたいに奇麗なのに、きちんと男性だったな……。ふふ、奇麗って男性でも当てはまるんだ……。

「ふわぁ……格好良いよね……。うー、私の事、どう思っているのかな……」

昨日の子供みたいな無礼な態度を思い出して、このままお布団に隠れていたくなるけど、お手伝いしない女の子は益々嫌われそうな気がする……。

「さて、降りようかな」

もこもこの服の裾が上がってきていたのを直していると、くぅっと可愛らしくお腹が鳴って、顔が真っ赤になる。恥ずかしい……。もう、物凄くおいしそうな香りがするんだもん……。

くにくにと顔を揉んで紅潮と強張った顔を直して、ベッドの横の扉を開ける。さて、今日も一日頑張ろうっと!!

第10話　通貨偽造と缶詰の偉大さ

「そろそろ南端の村が近付いてきました」

アルトも初めは、馬車と同じように視界が低い状態でスピードが出る事に恐怖を抱いていたようだが、途中からは楽しそうにしている。凸凹でサスペンションが衝撃を殺し切れず飛び跳ねた瞬間も、絶叫マシンに乗っているかのように歓声とも悲鳴ともつかない叫びをあげていた。

「では、馬車に乗り換えましょうか。後、その前に、ここで衣服を揃えたいです。流通貨幣はお持ちですか？」

そう訊ねると、アルトが馬車に乗せていた荷物をごそごそと漁り、巾着袋を取り出す。振るとカラカラと軽い音が響く。ダッシュボードにばら撒くと、木製の小さな木簡のようなものと、丸く抜かれた物が転がる。それぞれ表に数字と裏には紋章のようなものが焼印で押されている。数字は指の数が十本なので十進数かと思っていたが、予想通り、十を区切りに増えている。

「これが一番小さい単位の、一タルです。これが、十、百タルですね。千タルからはこちらの札になります。一万タルまでは持っていますが、その上に十万タルがあります。それは日常で使う事はほぼありません」

通貨名はタルか。国の名前から取られたのかな。丸く抜かれた物が百タルまで。千と万が木簡のようだ。『せいぞう』で通貨を探すと、タルの項目が増えていた。

「大体、価値としてはどの程度なのでしょうか。例えば果物一つ。中古の服を一式で買った場合など教えて下さい」

「そうですね。旬の果物が一つで二タル程度です。服は作る人によってかなり差が出ますが、四百タル程度とみて下さい」

それから何種類か実例を挙げてもらったが、大体日本の物価の五十分の一程度だと把握出来た。

「ちなみに偽造などは起こらないのですか？」

「木材は王様が直接管理しています。建築や薪など、分配の必要がありますから。偽造は難しいです。それに見つかった場合は、親族を含めて罰を受けます。貿易の際にも基本的には物々交換と聞いています」

罰の部分で顔が曇ったのは、死罪相当の重い罰だからだろうか。

『せいぞう』で百タルと千タルをざらりと作り、差し出すと、アルトが呆けた顔になる。

「全く同じ物を作りました。偽造とは、ばれないでしょう。お手数ですが、衣服の調達をお願い出来ますか？」

アルトが、呆けたまま、手元の貨幣を見下ろす。

「あの!!　偽造は……」

「その場合は、私が責任を負います。私を差し出して下さい」

そう告げると、アルトが複雑そうな表情を浮かべながら、ざらりと巾着袋に仕舞う。

少なくとも、この国に長居をするつもりはない。アルトには呼び出された分の借りは返す。ただ、国の問題に長々と付き合うつもりはない。それに何かあったとしても、全力でアルトだけを守る事は可能だろう。自分の責任で出来る範囲でしか動く気は無い。そのライン上に、彼女は乗っている。

アルトと協力して、トラックから、馬と馬車を降ろす。二頭は狭い場所から広い場所に出たのを喜んでか、アルトの顔を頻《しき》りに舐めている。

「あん、こら。くすぐったいよ……」

そのまま革紐で馬と馬車をつなぎ、乗り込む。トラックを片付け、馬車での移動が始まる。しかし、すぐにへこたれた。お尻が痛い。低反発クッションと板状のクッションを『せいぞう』で出して、アルトにも差し出す。

「うわぁ。ふわふわです。え、これ、お尻に敷くんですか？　うわ、うわ。柔らかいです!!」

何とか、耐えられる程度の状況になったので、そのまま村近くまで移動する。流石にスリーピースのスーツ姿で動き回る訳にもいかないので、私が馬車の番をしている間に村に入ってもらう。

馬の方は昨日の事を覚えてくれているのか、親しそうに頰を擦り付けてくる。飼料と水をバケツで用意すると、二頭仲良く食べ始める。食べ終わった辺りで、用意したブラシで体を擦っていくと、大きくしっぽを揺らし、体を押し付けてくる。二頭のブラシをかけ終わる頃に、アルトが走って戻ってくる。

「あの……。すみません……。どうも、食料も余裕も無いようで、お金ではこの程度の物しか交換出来ませんでした……」

結構パンパンになっていた巾着袋が小さくなっているのに、手にはぼろきれのような何かが折りたたまれており、その上に革製のサンダルが一つ乗っているだけだった。ふむ、大分ぼったくられたか。上空から見ても、かなり貧しい村だった。一気に稼いでなんとか村人全員分の食料を手に入れたいと考えているのだろうなとは分かる。

「それで結構ですよ」

布を預かると、解れの状態から、羊毛などの毛を紡いだ織物だと気付く。アルトのポンチョは麻っぽかった。まだ綿の量産は始まっていないのかと見当をつける。預かった布の塊を『せいぞう』でコピーすると、粗い織りだが、裾が長めの貫頭衣に変わる。ぼろきれの方は『かくのう』で仕舞っておく。物陰で着替え、コンパクトミラーで見てみると、よく漫画などで出てくるローマ人のような姿になった。

「うーん、うん。違和感は無いですね。ふふ、良くお似合いだと思います」

アルトの太鼓判も貰えた。元々母方の祖父が貿易商をやっていたイギリス人なので、クォーターになる。子供の頃や戦時中はいじめられる原因になったが、この時代で身長が百七十近くあるのと髪の毛の遺伝はありがたく思った。社長時代にも押しが利くので、便利だった。

改めて、馬車に乗り先に進む。スーツの際は気付かなかったが、秋口の風は冷たく、裾の方から容赦なく体を冷やす。気が利かなかったなと大判のブランケットを『せいぞう』で取り出し、アルトに渡す。

「え？　膝にかけるんですか？　柔らかいし、軽い……。それに温かい……。ありがとうございます」

アルトが大事そうに、馬車の床に着けないように浮かしているブランケットをそっと下げる。

「風邪は辛いですよ？」

微笑みながらそう告げて、ゆったりと馬車の揺れに身を任せる。

「村から離れた場所まで移動したら、お昼にしましょう。休憩も必要でしょうから」

村から外れ、ある程度進んだところで平地が広がっていたので、そちらに馬車を向ける。

キャンピングカーを出そうかと一瞬考えたが、ここまで来れば人の往来もあるかもしれない。目立つ事は避けるかと、キャンプ用のガスバーナーを取り出す。鍋にお湯を生み、バーナーに乗せる。沸々と気泡が上がってきたところで、自衛隊の戦闘糧食《レーション》を取り出す。会社で若い子が参加していたサバイバルゲームに参加した時に合流した軍事系に詳しい人が持ち込んでいたのを分けてもらった。レトルトパウチの物もあったが、今回は缶詰の鶏めしとソーセージ。二つをポチャンと沸騰している鍋に入れる。

屋外用の青銅製のテーブルと椅子を取り出し、アルトに勧めると、ちょこんと座る。馬車の裏で隠れるように作業を行っているので、馬達は放している。

「何だか、硬そうな物を煮るんですね……」

アルトが手持無沙汰そうに鍋の方にとことこと歩いて行って、覗き込みながら呟く。鍋の底でかつんかつんと揺れていれば、気にはなるか。

「出来てからのお楽しみです」

さーっと『せいぞう』の食料品関係を覗いていたら、パック入りのサラダが見つかったので、先に皿の上に盛り付ける。ドレッシングは……。あぁ、一覧が面倒臭い、タグ分けやソートが出来ないかなと思った瞬間、一覧が一瞬消えて、タグに分かれる。はぁぁ、つっちゃん、初めから実装してくれても良いと思う……。食料品の調味料のドレッシングのタグを開くと、ざらっと数多の種類が出てくる。ふぅむ。イタリアンドレッシングぐらいで良いかな。取り出したドレッシングを振って、野菜に軽くかける。そろそろ良いかなと、トングで鍋から缶詰を取り出し、缶切りで缶を最後まで開ける。きりきりと開け切って蓋を取り外した瞬間、ふわりと湯気が流れた。夢中でこちらを覗き込んでいたアルトの方に湯気が届いた瞬間、ごくりと言う生唾を飲み込む音が聞こえる。もう一つのソーセージ缶も開けて、皿に盛りつける。量が多いので、四分の三はアルト用の皿に盛って、そっとアルトの前に皿を置く。スプーンとフォークを渡すと、きらきらした瞳でこちらにまだかなまだかなと言う表情を向ける。

「では、食べましょうか」

　そう告げるが早いか、アルトがスプーンで鶏めしを掬い、口に運ぶ。一瞬きゅうっと目を瞑って肩を竦めたと思うと、もきゅもきゅと咀嚼を始める。

「これ……!!　これ、鶏です!!　収穫祭の時に食べました。うわぁ……いいのかな、食べても。それに大麦かと思っていましたが、匂いも食感も違います。ぷちぷちともちょっと違う、柔らかな、でも歯応えはあって、美味しいです!!」

　はしゃいだアルトがソーセージを見つめて、はむっと口に運ぶ。再度きゅっとなって、ぱぁっと表情が明るくなる。

「ふわぁ……。これ、腸詰めですよね!!　でも、複雑な味がします。はぁぁぁぁ、贅沢ですぅ……」

　笑み崩れて、頰を押さえながら、首を振る。

「贅沢と言うのはどう言う事なのでしょうか?」

　何を食べても贅沢と言うが、何を指して贅沢と言っているかが分からない。

「あ、はい。塩辛いですよね。岩塩は配給なので、中々味を濃くする事が難しいです。でも、アキさんが作る料理は全て味がはっきりしているので、贅沢です」

　食べながら聞いていると、塩は岩塩を採掘して分けているため、採掘量に比例して、配給が決まるらしい。それは確かに、塩辛いと贅沢か……。若干濃い目の味付けに、一瞬うっと感じるが、流動食の前から長くお粥生活だったため、久々の米の食感に体が喜ぶ。出汁の香りと肉の旨みを楽しみながら、食事を進めていった。

第11話　野盗との一幕

サラダに入っている野菜に関して、ニンジンとタマネギは食べた事があるらしい。レタスは似た食感の葉野菜は食べた事があるような無いようなと言う話だった。調理器材を片付けて、ティーバッグで淹《い》れた紅茶で食後のお茶を楽しむ。私は食事中に湯煎していた犬用ミルクをレティにあげる。夢中で頰張って飲んでいる姿をアルトが羨ましそうに眺めている。

「あのぅ……」

「先を急ぐ旅です。夜はお願いしても良いですか?」

「はい!!」

一瞬暗くなりそうだったアルトの顔が、一転明るくなる。けぷりとしたレティがもぞもぞとベッドに潜り込んで方向転換。鼻で毛布を押し広げて、ぷはーみたいな感じで頭だけ出してくる。

『**ぬくぬく**』

レティが機嫌良さそうな思考を送ってくると、微睡み始める。お茶を飲み終わり、全てを片付けて馬車に乗り込む。ベッドを膝の上に乗せて、がたがたと馬車が走り出す。小一時間ほど走り、後一時間もしない内に王都に到着するかと言うところで大きな『ちず』の方に赤い光点が出現したので、アルトに声をかけて馬車を停めてもらう。緩やかに速度を落としながら停車するまでに光点は近付いてくる。『ちず』を拡大していくと百メートルほど先に纏まった光点が二つ、道から外れた林の中に光点が一つ。離れた光点は比較的こちらに近い。

「前方に敵らしき対象がいます。この辺りで盗賊の噂はありますか？」

「王都周辺から離れると、そう言う人間が出ると言う噂はあります。行きは護衛が付いていましたが、帰りは呼び出した人間に守ってもらえとの事でした……」

呼び出した人間がそれを拒否した場合はどうするつもりなのか……。指示した側は何も考えていないな。アルトも少し浮世離れしている。何と言うか、深窓の令嬢と言う感じだろうか。

取り敢えず、眼前の脅威の対処が先決と。林の中で動かないのは弓か何かで狙っているのだろう。猟師が肉の供給をしていると言うのはアルトから確認した。罠猟が中心でも大物は遠距離から止《とど》めを刺さなくては危険だ。それに鳥などであれば、弓で狩る事もあるだろう。

「もし盗賊に遭った場合の対処は、どうしていますか？」

「基本的には、逃げます。逃げられないのであれば、殺してしまって構いません」

「殺すのが許されるのですか……？」

「町の中であれば、まだ犯人を捜す事も出来ますが、移動中ではそれも難しいです。なので、町を出るという事はその覚悟をするという事になります」

アルトが眉根に皺を寄せて呟く。私は心の中で溜息を吐きながら、頭を抱える。平和な日本と違う環境。分かっていたつもりだが、ここまで文化が隔絶しているとは。

感情を切り替えて、『せいぞう』から十四年式拳銃を取り出し、弾倉を確認すると八発が装塡されていた。スライドを引き薬室に弾を送る。安全栓を「安」から「火」へと百八十度回転させてトリガーガードの部分に人差し指を乗せる。元々は借り物だったなとなつかしく思う。そのまま前方に構え、馬車を走らせるように告げる。

「賊らしき対象が……後三十秒ほどで出てきます。慌てず、馬車を止めて下さい」

そう伝えると、アルトが一瞬、眉を顰め怪訝な顔をするが、こくりと頷く。かぽりかぽりと馬車が進む中、赤い光点がじりじりと林の端に近づき、十メートルほど離れた場所でばさりと音を立てながら出てくる。林の中の光点はじりじりと林を移動していたが、三十メートルほど後方で止まる。あちらは弓で威嚇《いかく》担当かな……。

「おい、てめぇら、動くな!!　動けば……」

目前の小汚い男が口上を述べ始めた段階で、引き金を引く。バツンと言う破裂音と共に、口上を述べていた男が殴られたように、後方に倒れる。

「おい、どうしたよ。晩の事でも考えて興奮したか……おい!!　どうした!!」

もう一人の愚鈍そうな顔の男がニヤニヤしながら、倒れた男の方を見下ろしていたが、胸から流れる血と、地面に広がる血に気付いたのか、必死に叫ぶ。

「動くな。動けば何が起こるか分からないぞ」

静かにそう告げると、はっとこちらを向き直った男がにやりと笑って、口を開こうとするのを見て、右太ももに向かって発砲する。再度響く破裂音。馬の方は驚かないかなと思っていたが、車で慣れたのか大人しく、アルトの指示に従っている。

膝をついて、呻き声を上げたかと思うと、地面を転がり、嗚咽を漏らす。

「林の人間、大人しく出てこい。所在は分かっている。もし出てこない場合は、殺す。時間を稼ごうとしても殺す。弓を使おうとした瞬間に殺す。三つ数える。それまでに走ってこい。いーち……」

暫しの逡巡の後、ガサガサと音を鳴らしながら森から出てくる弓を持った男。姿は他の二人よりもみすぼらしく、着ている服もアルトが交換してきた服よりも襤褸《ぼろ》だ。弓を持った手はおろし、矢は腰に括った矢筒に仕舞っている。

「見つかったからには、もう襲う気は無ぇ!!」

じりじりと大回りに近づいてくる男、馬車の横に弓手が立った瞬間、転がっていた男の頭に向けて、発砲する。破裂音と共に、嗚咽が途絶える。

「おい、魔法使いだろ、あんた!!　やつは、もう動けなかった。どうして殺した!?」

どうしても何も害意が消えないからだ。どうせ隙を見せれば、懐に持っている投げナイフを投げてくるのは分かっている。そういう意味では、非難しているこの男も、ちらちらとアルトの挙動を確認している。『しらべる』で装備を見れば、投げナイフが三本、襤褸の裏側に仕込まれている。何よりも、胸元が微妙に垂れ下がっているのはきちんと観察していれば分かる。

「そちらに何らの権利はない。私の質問に答えろ」

「おい!! どうして殺したと……」

尚も叫ぼうとした男の耳元近くに発砲する。衝撃波を感じたのか、驚愕に目を見開いた後、ガタガタと震えだす。

「繰り返す、私の質問に答えろ、良いか?」

「わ……分かった」

ガクガクと震える顎から絞り出すように声を発する。

「なぜ、襲おうなんて考えた?」

「村でえらい金を持っていた女が寄ったって話をしていた。聞けば、爺と娘の二人組じゃねえか。金を奪おうと、村の馬で先回りした」

ふむ……。『ちず』の馬っぽい光点は乗ってきた馬か。動き回っているので、固定はしていない……と。二頭なので、片方は二人乗りか。良く乗馬の技術なんてあるなと思ったが、この手の仕事を定期的にやっていれば慣れるか……。常習犯の可能性が高いな。それに先程の話なら、金だけが目的ではないだろう……。下賤な。

「金はもう無い。先程の村で使い果たした。それならば大人しく引き下がるか？」

「そりゃあな。金が無いなら、用は無ぇ……」

男が卑屈に笑いながら、馬車から一歩一歩下がるのに向かって銃口を向けて、引き金を引く。再度の破裂音と、どさりと倒れる音。

「もう……用は無いと言っていましたが？」

若干非難する口調でアルトが呟く。

「見てみますか？」

アルトをエスコートして馬車から降ろし、弓手が手を差し込んだ懐を開けると、薄い刃の小さな投げナイフが三本、革の鞘と一緒に縫い付けられていた。

「他の二人も同じです。こちらが進み始めたら、改めて襲撃するつもりだったのでしょう」

それを見たアルトが息を呑み、謝罪のため口を開こうとする。それを右手を差し出し、制する。

「お気になさらず。何も言わずに処理したのは私です。残酷な物をお見せしました」

「いえ、町を出れば、こういう事もあるだろうとは思っていました。助けて頂きまして、ありがとうございます。アキさん」

深々と頭を下げようとするアルトの肩をそっと支え、首を横に振る。

「お互い様です。では、先に進みましょうか」

そう告げると、アルトが馬車をそろそろと進め始める。地面に打ち捨てられた三人の男に軽く黙《もく》禱《とう》を捧げる。ただ、人を手にかけた事は従軍中にもあった。そういう意味で、何かの感慨は無い。最低限の祈りを捧げた後は路傍の石と変わらぬと思いながら、先を急いだ。

第12話　王都の状況

そこからの襲撃は無く、小一時間ほど馬車を走らせると、無事に王都の壁が見えてきた。盗賊も待ち受けるのにコストがかかる。獲物を吟味した上で先回りして確実に襲撃した方が飢饉の際には有効だろう。ちなみに馬に関しては、知らない馬でしかもこの馬車では御しきれないと言う事で、そのままにしておいた。留めてはいなかったようなので、野生で生きていくだろう。

また、アルトは殆《ほとん》ど顔を知られていない、というよりも城の中でしか生活していないと言っていたので、少しキャラクターを作ってもらって王都に入り込む事にした。

「そこの馬車、ここで止まれ」

門の前では、何組かの旅人が並んでおり、その最後尾に付いていたが、一時間もしない内に順番が回ってきた。

「こんにちは。初めまして。魔法使いのアキと弟子のアリーと申します」

「ふむ。馬車も立派だし、えらく小奇麗だな。歳を見ても高名な魔法使いなのか？」

他の旅人には居丈高に振舞っていた警護の兵が比較的ましな口調で聞いてくる。

「高名と言う訳では無いですが、年齢が年齢です。一通りは何でも出来ます」

「ふむ、身分を証明出来る物の提示と来訪理由を聞いても良いかな？」

「元々は東のテーユエイアより旅を続けておりましたが、二月程前の村の宿で油断しまして。荷物を盗まれました。旅の目的は、元々どこか住みやすい場所での定住を考えていましたので、その調査です」

「またえらく遠いな。しかしそうか、それは災難だったな。定住を目的としていると言う事はどこかで魔法使いとして働くのか……。水は使えるのか？」

水？　アルトとの想定問答でも無かったな……。身分を証明するものが無くても、保証金を支払えば、通してもらえるという話だったが……。まぁ、有用な人材と言うのは見せておいた方が良いか。

「はい。可能です」

そう告げて、左手を馬車の外に差し出し、『まほう』で水を止めどなく生み出す。

「おぉぉぉ。もう良い。勿体無い。いや、最近この都の水脈が汚れたようでな。井戸が濁っている。真水を生み出せる魔法使いはどこも求められているのでな。王城への仕官も今なら比較的容易だと思うぞ」

先程までの少し慇懃《いんぎん》な笑みから、柔和な笑みに変わると、嬉しそうに言う。

「いえ。宮仕えは懲り懲りです。酒場か食堂で水を生んだり、火種を管理している方が楽でしょう」

「そうか……。まぁ、歳が歳か。弟子の方は何か出来るのか？」

そう聞かれた瞬間、アルトが小さくびくっと震えるが、笑顔のまま馬車で隠れた場所から手を握る。

「いえ。まだ何も。どちらかと言えば、身の回りの世話をしてもらっています」

「なるほど。まぁ、未来の魔法使いも一緒ならば、町としてもありがたかろう。今回は保証金で良い、文字は書けるか？」

「はい。大丈夫です」

翻訳は読みだけではなく、書く方にも適用されているのはアルトと確認した。

「では、保証金は一人五千タルなので、二人で一万タルだな。また、旅立つ際に今回の保証書と引き換えに返却する。もし町で問題を起こした場合は、保証金の方から補填するのでそのつもりで」

ふーむ、物価差を考えれば日本円で五十万円か……。まぁ、信用が無い状況ならしょうがないかな。そう思いながら、偽造した千タルの札をざらりと十枚手渡す。向こうの保管用と私の分の保証書にサインをして、保管用を渡すと警護兵が確認を始める。

「ふむ、アキとアリーだな。通って良し」

馬車の前を塞いでいた兵士が退くと、アルトがゆるりと馬車を走らせ始める。壁の奥に進んだ瞬間の印象は、淀んだ空気と排泄物の臭いだ。辛うじて馬車が行き交う道幅はあるが、舗装はされていない。また、建物の前には糞尿が堆積している。建物の壁にでろりと糞尿が流れた跡が見えるので、おまるか何かで排泄をした後は、そのまま道路に投げ捨てているのだろう。絶対に町中では怪我は出来ないな……。破傷風になりそうだ。抗生物質は一通り『せいぞう』で生み出せるので、感染しても心配は無いが、潜伏期間と予後に動けない状況を作るのは望ましくない。

「では、宿に向かいます。馬車が預けられる一番ましな宿で良いんですね？」

「はい。お願い出来ますか？」

馬も馬車も身分を特定出来る物ではないらしい。そこまでして徹底的に身分を隠すというのも変な話だとは思っている。そのまま大通りを真っ直ぐ進み、城と呼ばれる建物が見えそうな場所まで来ると、比較的太い道を曲がり、大きな建物の前で速度を落とす。建物の横の通路を馬車のまま進むと、草が生えただけの庭に出る。片隅に厩舎と思われる建物が建っており、そこの横に馬車を停めた。

「では、馬を外します」

アルトが言うので、その前にひょいと飛び降り、アルトをエスコートする。その姿を見たアルトが若干頬を赤らめていたが、こういう行為が恥ずかしい年頃なのかと思いながら、体重を支えた。

馬の手綱を厩舎の柵に縛り、横に置いていた桶に水を生んで濯ぎ、馬の前に置いてなみなみと水を生むと、嬉しそうに二頭が飲み始めた。

「餌も自分で購入してきて世話をします」

宿が貸すのは場所だけかと思いながら見ていると、アルトが布で馬の体を拭き始めた。私は、昨晩見つけた飼料を『せいぞう』で生み出し、違う桶に入れて渡すと馬達は嬉しそうに食べ始めた。

「ふふ。良かったねタルト、ディン。今日はご苦労様」

アルトが微笑みながら、揉むように体を拭っていると馬達がぶふるんと嬉しそうに嘶《いなな》き首を回して舐めようとするが、ひゃーっと叫んでアルトが逃げる。そんな仲の良い風景を暫し眺めていた。

「では、宿に向かいますか」

アルトの言葉に頷き、庭を抜けて、正面に出る。扉の上にはベッドのような意匠の看板が飾られている。扉を押し開けると、すぐにフロントが見える。横は食堂と厨房になっているのか、ほのかに調理している香りが漂ってくる。

「お泊りですか？」

フロントの人間が聞いてくるので、保証書を差し出す。

「三日ほどの宿泊を考えています。一番良い部屋でお幾らですか？」

「アキ様とアリー様ですね。一番良い二人部屋となると、食事無しで一泊四百タルですね。三泊なら千二百タルになります。夕食を付ける場合は一泊お二人で百タル増しです」

ツインで一泊二万円か。良い宿で一番ましな部屋だとしょうがないのか。食事が二千五百円。ちょっとしたコース並みか……。

「食事は後でお願いしても良いですか？」

「はい。ただ、厨房も閉めますので、日が暮れる前にお教え下さい」

「分かりました。では、三泊分前払いで」

そう告げて、千二百タル分の木貨を支払い、保証書を返してもらう。鍵を預かり、階段を登って部屋番号を探す。扉の前に南京錠が付いており、それを開けて部屋に入って後悔した。

「ん……」

アルトでさえ顔を顰めるすえた臭い。一見、ベッドは清潔なシーツを敷いているようだが、下の布団を剝がすと、腐った藁から若干水分が出ている。また、トイレも無く、部屋の隅に置かれたおまる。これが一番ましな部屋か……。扉の方も内側に南京錠を付ける場所はあるが、とてもじゃないが心許ない。

「アルトさん、この宿は信用出来ますか？」

「はい。大きな商人が使っている宿なので、信用は出来ると思います」

しかし、このベッドで眠るのはちょっと嫌かな。

「王都の周辺で、隠れられる場所はありますか？」

「少し歩けば、東側に林があります。動物も住まないと聞いていますので、人は寄りません。木々ももう疎らになっていますので、ある程度の場所もあるでしょう」

どうも薪炭木として伐採していたが、若木ばかりになったので、放置されている林らしい。主要道路は一旦南に下らないと無いので、人の出入りは無いらしい。

「ふむ……。そこに昨日のキャンピングカーを出して寝ますか。形跡を残すのと、馬を泊めるためにここはこのまま支払っておきます」

「分かりました」

「では、向かいましょうか」

そう告げて、徒歩で門の方に向かう事にする。健康な時にジョギングを欠かさなかったので、別に歩く事に苦労はない。そのまま三十分ほど歩いて門まで辿り着いた。

第13話　情報と言えば酒場

「お。そろそろ日暮れだが、出ていくのかい？」

先程の警護の兵が声をかけてくる。

「えぇ。魔法用の触媒が足りないので、夜にかけて採取を考えています。ある程度長居するのであれば、用意を始めておこうかなと考えています」

微笑みを浮かべながら伝えると、殊勝な事だと返ってくる。アルトから魔法に触媒を使う事により効果が高まるというのを聞いておいて良かったと思いながら、王都の門を出る。アルトに先導してもらい、藪の中、細い獣道を踏み分けていくと細い木や若い木がひょろひょろと生えた荒れた林に出る。木々の間隔が空いている場所にキャンピングカーを生んで扉を開ける。

「寒いですから、先に中に入っていて下さい」

アルトにそう伝える。

「アキさんはどうされるんですか？」

少し心配そうな顔を向けてくるアルトの頭をそっと撫でる。

「視界は遮られていますが、このままでは目立ちます。隠してしまいます。飲み物の飲み方は分かりますか？」

「あ、お水!!　お水で大丈夫です!!」

ほんのりと頬を染めて、慌ててアルトが扉を開けて入っていく。子供は元気だなと思いながら、ぐいっと腰を伸ばしていると、車内からひゃーっという悲鳴が聞こえてくる。

「アルトさん!!」

慌てて扉を開けると、シンクの蛇口のレバーを上げ過ぎたのか、凄い勢いで流れ出す水を前に、アルトが涙目でおろおろとしていた。

「アキさん……。すみませんー……。大切なお水が……」

上目遣いで潤んだ瞳で見つめてくるアルトに苦笑を浮かべながら近づき、レバーを降ろす。

「大丈夫です。濡れなかったですか？」

「はい……」

怒る？　という感じで目の端に涙の滴を溜めながら首を傾げるアルトをソファーに誘導する。棚からグラスを取り出し、アップルジュースを注ぎ差し出すと、改めてぺこりと頭を下げて、嬉しそうに飲み始める。機嫌が直ったのを確認して、改めて外に出る。

『せいぞう』で迷彩シートを探す。こういう時に一通り色々な趣味に手を出しておいて良かったなと思う。軍用トラックの交換用シートを見つけて、キャンピングカーの上から覆う。夜になれば風がきつくなると言われていたので、杭で打ち込み固定して、念のために周辺の藪を切り分けて被せておく。少し離れて眺めてみると、風景に溶け込んで少しこんもりした藪のように見えるので、問題無いだろう。特に何かと言う訳では無いが、老人と年頃の娘が外で野営していると言う情報が警護の兵から流れた場合に面倒くさいので、少し手間をかけただけだ。

扉側の開口部にしゃがみながら入り、車内に声をかける。

「失礼、王都内部の様子を確認してきます。夕飯の頃には戻ります。待っててもらえますか？」

「あ、あの!!」

「はい？」

素直な返事がくるかなと思っていたが……。何だろう。

「出来れば……昨日の晩の……動物の動く絵が……見たいです」

少し恥ずかしそうなお願いにふっと微笑みが零れてしまう。モニターの調整をして、映像を映し出すとぱぁっとアルトの表情が明るくなる。レティを預けていたが、既に太ももの上でうとうととしている。

『ぬくー。おなか……すくかな……。まだへいきー……』

むにゃむにゃとした思考が流れ込んでくるが、眠ってくれるなら良いかな。エアコンの温度だけ再度調整して、扉の外に出る。寒風が足元から冷気を感じさせる中、王都に向かう。最低限の護身具は必要かなと、籐《とう》のかごバッグを生み出し、中に特殊警棒とスタンガンを入れておく。王都の中で銃を携帯していても何も言われないだろうが、殺傷力が高すぎるのと、周囲への影響が大きすぎる。外した時に関係のない人を巻き込む可能性が高い。

「おろ。どうした？　爺様一人で戻ってきたのか？　弟子はどうした？」

「はい。野営の準備をしてもらっています。少し買い忘れた物があるので私が戻ってきました」

「そうかい。まぁ、まだ日が残ってるしな。ただ、暮れて沈んでからはそう長くは開けてない。気を付けてくれよ」

心配げに声をかけてくれる彼の目を見ていたが、他意は無いか……。情報を売る人間の目でもない……な。了解の旨を伝え、噂話が出来る食事処か酒場を紹介してもらう。門から入って少し歩いたところにある酒場が人の入りが良く、マスターも話を聞いてくれるらしい。夕飯の時間には少し早いから、席は大丈夫だろう。

教えてもらった方に向かい、一際大きな建物に入る。看板にカップの絵が描かれているんだから、ここだろう。

「いらっしゃい」

もくもくと上がっていた水蒸気の白い煙ともう一つの灰色の煙で期待していたが、扉を開けた瞬間感じる暖かな風と薪を焼く香り。それから続いて広がる食事の匂い。カウンターが八席にテーブルが四つ。カウンターの中ではマスターがガチャガチャと洗い物をしている。店の中にはまだ客は入っていない。マスターの声に気付いたのか、奥の厨房から若い女の子が出てくる。薄茶色の髪を後ろで上げた、今の季節には寒かろうと思うほどにきわどい格好ではあった。個人的な感覚では若く潑溂《はつらつ》とした容姿に合っていない印象は受ける。この格好だと、客層は若干悪いのか……な。

「一人ですが、席はありますか？」

「はーい、お爺ちゃん。そろそろ夕飯時だからね。カウンターで良いかい？」

「はい、結構です」

そう告げると、カウンターの真ん中、マスターの正面に案内される。護身具と一緒に生み出しておいた、木製のカップと小皿をバッグから取り出し、マスターに手渡す。

「加水していないワインと木の実をもらえますか？」

「お客さん、商人かい？」

マスターが若干割れた声で聞いてくる。

「魔法使いです。終の棲家を探していますが、良い情報が無いかと考えています」

そう告げると、マスターがくいっと眉を上げて、目を瞑る。

「ピケットでも井戸が濁る前だがな……。それなりに値が張るが、良いか？」

それはワインだろうか、情報だろうか……。

「構いません。そこまでは飲めないので一杯で結構です」

「分かった。四百で良い」

日本円で二万円くらいか。これなら情報料込みだろう。千タルをバッグから取り出し、マスターに渡す。

「釣りは結構です」

そう告げると、マスターがほのかに怪訝な表情を浮かべる。

「その代わり、少し人手のいる仕事があります。信用のおける荒事が可能な人間を紹介して下さい」

「荒事かい？　町の中でよそ者が騒ぎを起こした場合、きついぞ？」

「町中では起こしません。それに可能性のみです。今日は顔つなぎだけです」

そう告げると、マスターが掌の中でコロコロと木札を転がし、こくりと頷く。

「毎度。五年前のだ。当たり年だった。目当てのはもうしばらくしたら来るだろう。飲んで待っててくれ、声をかける」

そう告げると、カウンターの上に赤ワインと、ざらっと乗せられたクルミや椎の実を乾煎りして塩をかけた物をことりと置く。

「いただきます」

マスターに笑いかけ、カップに手を伸ばす。

第14話　もしもの入手

　クルミは香ばしく、椎の実はさくっとした表面からもっちりとした中身が気持ち良い。ただ、若干アクが強くえぐみを感じる。それも味の内だと思いながら、カップを傾ける。ほのかな塩味で浮き上がる素朴な甘みを楽しみながら、ゆっくりマスターと町の様子や世間話をしていると、徐々に客が増えてくる。

「あぁ、あれだ」

　マスターがくいっと顎を上げると、若い女性を先頭にした集団が楽しそうに店に入ってくる。リーダーが女性と言うのには少し驚いたが、男性も女性も関係無く仕事が忙しいのがこの世界らしい。実力があれば、どんどんと社会に出ていくのが普通だと言う。ただ、高校生か、いっても大学生くらいの女の子に率いられる集団が信頼されているという事実に少し驚いた。マスターに軽く頭を下げて、席に座った女の子に近づく。

「初めまして、アキと申します。少しお話をしたく思います。出来ればお近づきの印に、皆さんに一杯奢らせて下さい」

表情を固め、背筋を伸ばし、誠実に話しかける。

「あーん？　見ねえ爺さんだな。奢られる謂《いわ》れはねぇぞ」

口調は少し悪いが、表情には警戒の色が濃い。すんなりと話に乗ってこないのは好印象だ。

「お頭、良いんじゃないですか？　ただ酒っすよ？」

周囲は嬉しそうに何を頼むか相談し始めている。

「馬鹿野郎、ただってのは怖えんだよ。爺さん、酔狂な話だが、何を企んでいる？」

女の子が顎で席を指すので、カップと皿と荷物を持って移動する。席にかけるまでの動きを追っていたのは視線で分かる。

「商人……。軍人っぽさもあるか……。分かんねぇな。こんなしがない何でも屋に何の用だ」

「私は魔法使いです。お店のマスターに信用出来る方をお聞きしたら、貴方を紹介されました。さあ、お好きな物を頼んで下さい」

給仕の子を呼ぶと、手下達が銘々に好き勝手注文を始める。高めの酒を頼んでいるようで、目の前の女の子は大きく溜息を吐く。

「たぁぁぁ。警戒心の欠片もねぇな。しゃぁねぇ。あたしん名前はティロ。『宵闇の刃』のティロだ」

この集団は『宵闇の刃』と言う名前なのか。少し後ろ暗そうな名前だが、殺人や盗み、犯罪行為には手を染めていないらしい。この町を根城にして護衛や猟の手伝い、その他専門職の手伝いをしているという話だった。元々色々な職種のあぶれた人間が集まって出来た集団らしく、元農家や元鍛冶屋、元商人など出来る事の範囲は広いし、仕事もきちんとやり遂げるので町の中では便利屋として名高いというのがマスターの言だ。

「で、爺さんは何を企んでいるんだよ。あたしらに出来る事なんて、町中の話程度だぞ?」

訝し気に聞いてくるティロ。

「企むというほどの事でもないです。ただ、近い内に少し人手が必要になりそうなので、信用が出来る人間を探していました」

「人手?」

ティロの眉根に皺が寄ったタイミングで、酒が届く。改めて、皆で杯を上げて乾杯を叫ぶ。周りの人間は素直に喜んでいるようなので、話はしやすいかな。

「はぁぁぁ。欲の皮ばっかりつっぱりやがる。爺さん、犯罪には手を染めねえぞ? 官憲の厄介になる気はねぇ」

じっと据わった目で見つめられるが、ほのかに微笑みを浮かべて首を振っておく。

「犯罪を手伝って欲しい訳では無いです。まだ先がどうなるかが不明ですが、確実にそれなりの人数の手を借りる必要が出てきそうなので、先んじてお話だけでもとは考えています」

そう答えると、ティロが腕を組み、瞑目する。

「どのくらいの期間、どんだけの人数を拘束するってんだ?」

「長くて一月ほどです。人数は何名程ですか？」

「二十五人」

ふむ……。二十五人では出来無さそうな仕事もマスターの話では有った。その人数で回すと大分ブラックな感じだが、過少申告かな。

「そうですか？　聞いていた話だと、もう少し人数は多そうでしたが？」

「あんにゃろ……。実際は五十人。だけど、五人は他の仕事と掛け持ちだ」

ティロがマスターをねめつけながら、言葉に出す。

「分かりました。そのくらいの人数がいれば取り敢えず大丈夫でしょう」

「おい。仕事の内容は言えねぇのか？」

「まだ確実では無いので。ただ、今の予想では戦争従事の可能性があります。その手伝いをお願いしたいと考えています」

「戦争？　どことの話だ。何も聞いてねえぞ……。つか、爺さん、他所もんだろ？　何でそんな話に絡んでる」

据わった目に尚、力が籠められる。

「まだ確実では無いと言いました。ただ、拘束期間の最低代金は支払いますし、もし予想通りなら別途支払います。そういう条件ではどうでしょう」

「矢除けに使うつもりか？」

「いえ。安全には配慮します。不慮の事故が無いとは言いませんが、その場合は別途補償します。まずは話だけでもというところですね。他の仕事が無ければ、お願いしたいとは考えています」

そう告げると、ぐむむと言った様子で唸りながら、ワインのカップを空ける。

「微妙に町の様子がおかしいから何かあんのかと思っていたが……。しゃーねぇ。飯のタネだ。少し裏を取る。明日、また会えるか？」

「はい、では同じ時間にここで」

そう告げて、私もカップを空ける。ではと告げて、カウンターに赴き、二千タルをマスターに渡す。

「これは？」

「『宵闇の刃』の皆さんの飲み代と食事代です。足りそうですか？」

「あぁ、釣りが出る」

「では、明日も来ます。ご馳走様でした」

支払いと挨拶を済ませ、店を出る。待っている間に日は大きく傾き、宵闇が迫ってきている。風が尚冷ややかになっている。夕飯を早く作らないと、アルトが待っているかもしれない。そう思いながら、門の方に向かって歩き出した。

第15話　赤身肉のステーキ

「おぉ、良かった。そろそろ閉めるぞ」

「ありがとうございます。このくらいの時間なんですね」

「日が落ちるか落ちないか辺りで辿り着くのもいるんでな。女の子一人だろう、さっさとお弟子さんの所に帰ってやんな」

　完全に善意で言っている警護の兵に軽く頭を下げて、門から出る。薄闇を越え、星明りが見え始めた空の下、薄く浮かぶ小道に沿って歩を進める。王都から十分に離れてから懐中電灯を生み出し、足元を照らす。辺りは伐採され残った林しかないため、動物の声は聞こえない。虫もこの時期では鳴く類の種類もいないのだろう。偶に灯りに驚いてか飛び立つ鳥の羽音が響くだけだった。

　記憶を頼りにこんもりしたカモフラージュに近づき、ノックの後、鍵を開ける。中を覗くと、アルトがぱぁっと明るい顔でこちらを見ていた。

「ただいま戻りました」

「お帰りなさい。良かったです……。見捨てられたらどうしようかと、少し怖かったです」

孫娘が祖父に甘えるように、てとてとと走ってきたかと思うと、きゅっと抱き着いてくる。

「少し話をするまでに手間取りました。お腹が空いたでしょう？」

そう聞きながら、頭を軽く撫でて、腕を解いてもらい、モニターを仕舞う。レティはアルトが立ち上がる時に転がされたのか、床にぽてっと落ちている。


『おなか……すいたー』


顔を上げて、きゅーんみたいな鳴き声を上げる。こっちの方が先か。

「えと、甘い物を飲んでいたので、大丈夫です！」

アルトがにっと笑いながら言うが、くぅっと言う音が響くと、顔を真っ赤にする。軽く微笑みを浮かべ、先にレティのミルクの湯煎を始める。部屋に広がるほのかに甘い香りにアルトの空腹が刺激されたのか、可愛らしいお腹の音が鳴る度に赤面し、諦めて梯子で上に逃げていった。湯煎用に沸かしたお湯をそのまま沸騰させて、コーンポタージュのインスタントスープをカップで作る。

「すみません、スープを作ったので、先に食べて下さい」

開口部は開いていたので声をかけると、ひょこっと顔を出す。

「良いん……ですか？」

「はい。もう作りましたから」

そう告げると、とんとんと降りてくる。カップを渡すと、熱さに注意しながらこくりとカップを傾け、目を見張る。

「ふわぁ……。甘い。うーん、食べた事があると思うんですが……。野菜のスープですよね。でも、ぽってりしてて、濃厚……。トロトロしていて、温かい」

アルトがぽけーっとお姉さん座りでニコニコとカップを傾けているのを見ながら、エアコンの温度を少し上げる。出ていく時は丁度良かったが、確かに日が落ちた後だと少し冷えている。レティも空腹と合わせて冷えているのか、ベッドに乗せると、毛布に包まってうとうとしていた。

アルトが飲み終わって、ほへーっと放心し始めた頃に、湯煎が終わったので、レティの授乳をお願いする。私は、フライパンに牛脂を落として、溶かした後に一気に火を強めて、煙が上がるのを待つ。煙が上がったら、下拵えしてすじ切りした肉の塊を乗せる。

今日はがっつり牛ステーキにしよう。もう何年も食べていないので、肉が焼けた香りだけで頭がクラクラしてくる。接待で食べていた頃は、あの脂肪に負けて胸やけしか感じなかったが、今回は赤身主体のお肉だ。

ジューという音に耳を傾けながら、音の変化を楽しむ。徐々に沈んでいく響きを感じ、チリチリという脂の音が強まり、表面に艶やかな肉汁が浮いてきたタイミングでひっくり返す。強い水飛沫のような音が奏でられる中、フルボディの赤ワインを回しかけて、フランベした。ボッと上がった炎に後ろからひゃっという驚いたような声が上がるが、気にせず躍る火を眺める。フランベの炎が静まりふわりと消えたタイミングで湯煎して温めたバットに乗せてアルミホイルで蓋をして五徳の上に置く。付け合わせ用にレンジで温めたレトルトパウチのニンジンのグラッセを皿に並べる。交代に白パンをトーストしつつ、サラダを大皿に盛る。ふわふわと躍っていたアルミホイルが落ち着き、移してから三分ほどして肉汁が戻った肉をざくりとまな板で切っていく。ナイフが使えるかが分からないので、フォークだけで食べられるように少し細かめに切って、皿に並べる。テーブルに皿を置いたタイミングで、トースト完了の音が鳴り響いたので、小皿に移し、バターを添える。

「さて、食事にしましょうか？」

ミルクを飲み終わったレティに毛布をかけて撫でていたアルトが、匂いだけでキラキラしていた目を見開きながらこくこくと頷き、いそいそと椅子に座る。

「では、いただきます」

そう告げて、サラダを取り分けていると、レティがまだ赤い肉に少し警戒しながらも、ぱくりと頬張る。その瞬間ぎゅっと力強く閉じられる眼。

「ふわぁぁぁ!! 柔らかいです。何ですか、これ？ お肉ですよね!! うわぁ、食べた事が無いです!!」

「牛のお肉ですが、食べた事は無いですか？ そもそも牛がいないのかな？」

「いえ。収穫祭の時に神に捧げるという事で丸焼きにします。でも、硬いですし、筋張っていますし、こんなに甘くないです!! ふわふわで、甘くて、塩味もして、香りも良い……。幸せです

「……」

一頻《ひとしき》り叫ぶと、手を合わせて神への感謝を祈り始めたので、そっとしておく。取り分けたサラダを差し出して、私も肉を頬張る。さくりとした歯応えを感じたと思った瞬間、ふわりとした感触に歯が包まれる。レアのように見えるが、落ち着かせる際にも熱が通っているのでミディアムレアからミディアムに近い焼き加減だ。ふわふわを噛み締めた瞬間、弾けて迸《ほとばし》るように肉汁が口の中いっぱいに広がる。臭みなど一切感じず、ただただ旨みと脂の甘さを純粋に抽出したような錯覚を覚える。その後から、コショウの香りが抜け、ワインの豊潤な香りとコク、そして塩味が舌の上で躍る。

「うん、美味しいですね」

久方ぶりの牛、それも最上級の赤身肉に、思わず笑みが零れる。アルトは一心不乱にぱくぱくと食べ進めて、お肉が無くなった瞬間に正気に戻ったのか、悲しそうな顔をする。私が皿から何切れか渡すと輝かんばかりの笑みで、お礼を言い続ける。

その後はシャワーを浴びて、就寝となったが、延々ステーキがどれだけ素敵なのかを演説し続けていたアルトの目の色は一生忘れない気がした。

第16話　物語はどこの世界でも愛されます

異世界三日目は若干曇り。雨は降らないと思うがかなり雲は分厚い。朝起きて、朝食を食べて、アルトをどうしようかという話になる。今日一日は隠さないといけない。明日の夕方には一緒に王都に入れるだろう。その間をどうやって過ごしてもらうかが課題になる。あまり顔を見せない方が良いので、町の中には連れていく事が出来ない。苦肉の策として、孫が来た時用に置いておいた童話アニメーションの全集を見ておいてもらおうかなと。言葉が分からなくても映像だけでも楽しめるだろう。

そう思いながら、実際にネズミが主人公の魔法使いの話が再生され始めると、アルトが食い入るように見始める。

「キラキラして綺麗です……」

ほわっと若干艶やかかつ色っぽい顔で歓声を上げている姿にほっこりする。テーブルにオレンジジュースを置いておく。ポットの使い方は教えたので、レティのごはんも大丈夫だろう。若干もやがかった林の中をざくりざくりと進む。

「あぁ、魔法使い様ですか。お弟子さんはどうしました？」

昨日の兵と違う人だが、引継ぎはしてくれているようだ。今日は温厚で人懐っこそうな若い兵だ。

「まだ触媒を探しています。夜の分は手に入りましたが、昼の分ですね。そのまま野営しながら、今晩も採取をしようと考えています」

「そうですか。折角王都まで来たのに、野宿というのも大変ですね。はい、どうぞ。お通り下さい」

若い兵に頭を下げて王都内に入る。目的としては、噂を集める事と物価の上昇状態を確認する事だろう。戦争前になれば物資が枯渇するはずだ。それによってどの程度本気で戦争に従事させるかが分かる。

そう思いながら、朝から盛況な市場で聞き込みに入るが、物価そのものは大きく変化が無いそうだ。確かに飢饉の絡みで全体的に値段は上がっているようだが、それを織り込んでも兵を出すのに必要な物資を市場から回収していないという感じがする。取引先を紹介してもらって、話を聞いてみても、国から供出を指示されてはいないようだった。ある程度大きな商店で大きく買い物をして信頼出来る情報屋を紹介してもらって向かったが空振りだった。戦争の準備自体をしていない？民間の方を確認する限りは全くその気配はない。これ以上の情報は軍や公の人間と接触しなければならないが、この時点で顔を売るのはまずいと判断し、一旦キャンピングカーに戻るとする。

「あ、おかえりなさい」

扉を開けた音に気付いたのか、アルトがにこやかに出迎えてくれる。

「ただいま戻りました。退屈はしなかったですか?」

「はい!! 動く絵を見ていたら、退屈しませんでした!! 後、きちんとレティがお腹が空いたらご飯をあげました!!」

褒めて褒めてという顔で見上げてくるので、頭を撫でると嬉しそうに、はにかむ。

モニターには不思議の国のアリスが映っているが、言葉は日本語っぽい。

「音楽と動く絵だけで、物語は分かりますか?」

「え? 絵の中の人が話しかけてくるので驚きました。こちらから話しかけても返してくれないので残念ですが、言葉は分かります!!」

アルトがきょとんとした顔で言う。と言う事は、この世界に降りた段階で通訳、翻訳は所持している物全てに適用されているのか。私自身も日本語で思考して喋っているつもりだが、実際には自動的に通訳処理が脳内で行われているのだろう。

市場で買ってきた果物などを洗ってパンなどと一緒に昼食を楽しむ。秋も深くなっているが、柑橘類などが数多く存在しており、自然そのものは豊かなのだろうと考える。アルトはステーキと呟いていたが、そうそう肉ばかり食べる訳にもいかない。野菜や果物も重要だ。レティは食事を取って満足したのか、くてんとベッドの中でスヤスヤ眠っている。汚物で汚れたシーツや毛布はまとめて交換してくれたようなので、新しい物と取り換えておく。

「引き続き情報を集めますが、レティが起きて運動をしたいようなら、一緒に外に出ても大丈夫です。ただ、周辺くらいにしてもらえると助かります」

そう告げると、アルトがモニターの方を向いて、ちょっと絶望的な顔になる。余程映像を見るのが楽しいのだろう。

「あの、あの。レティもまだ小さいので、この部屋の中で運動してもらいます!!」

えっへんという顔で述べるアルトの頭を撫でて、後を頼む。


王都に戻り、情報屋から紹介された人材に、公に関する周辺情報を教えてもらう。相手を知らない状態で謁見なんて無理だろう。そんな状態を夕方まで続けた結論としては、暗君……なのだろう。嫉妬深く、政務の方針も内向的、外交に関しても押されているようだ。情報というより、愚痴に近い物を延々聞いて辟易していた頃に、昨日の酒場に到着する。時間的には、ティロはいるだろうと思い、扉を開ける。

ウェイトレスがこちらを確認して、私が手を挙げた瞬間、店の中に怒号と言っても良い叫び声が響く。

「おい、爺さん!!　この嘘つきが!!」

はて、何の事だろう……。

第17話　真実の開示

　怒号の方を見ると、ティロが酷い剣幕でこちらを見つめている。特に恨みを買うような事はしていない……筈だ。何をここまで怒っているのか。首を傾げて様子を見ていると、つかつか近付いてきて、耳元に口を寄せると周囲には聞こえない程度だが、怒りを孕んだ様子で呟いてくる。

「城の輜重部隊の隊長にそれとなく裏を取った。向こうはそんな事実は無い、出まかせを流言するなら罪人として捕らえるとまで言われた。爺さん、あんたあたし達を騙して、何を企んでやがる？」

　ふむ。軍関係者とも接点がきちんとあるのか。裏取りと言っていたがきちんと関係者に接触して確認するんだから、伝手もあるし、仕事はきちんとする人間なのだろう。その慎重な姿勢は好感が持てる。きちんと話を伝えて、完全にこちら側に引き込むかな……。

「爺さん、何笑ってやがる」

「いえ、きちんとお話がしたいです。良いですか？」

　逆にこちらが耳元に顔を寄せて、囁く。

「きちんと……？　隠してた事があるってぇのか？」

「それは、こちらにも事情があります」

短く会話を済ませて、マスターの方に向く。

「ちょっと込み入った話をしたいのですが、話が出来る場所はありますか？」

「二階は物置だ。下まで声は響かんよ」

店の奥側に見えないように階段が設置されているのを親指で指す。

「では、『宵闇の刃』の皆さんは昨日と同じく奢りです。楽しんで下さい」

歓声を上げる集団の真ん中を突っ切って、マスターから燭台を借りて階段を上る。二階は物置と言っていたが、テーブルや椅子の予備や野菜などの食材が並べられていた。私はテーブルを立てて、ランタンを置く。積んであった椅子の埃を払い、胸元からハンカチを取り出し敷いて、椅子の背後に立つ。怪訝な顔をしていたティロがおずおずと座るのに合わせて、椅子を調整する。向かって正面に椅子を置いて、私も座る。

「あたしは商売女じゃねえぞ……」

「私も孫と同じくらいの女性に何かを考えたりはしません。ご安心下さい」

一番下の孫が確か高校に入ったばかりだった筈だ。同じような年頃のティロに色を感じる事は無い。

「じゃあ、話せ」

むすっと据わった目でティロがじっとこちらを見てくる。

「慌てずに」

そう告げて、ナプキンにフォーク、小皿を生み出し、並べていく。大皿にビーフジャーキーを並べ、野菜の塩漬けも並べる。

「な……何を……。物を引き寄せているってぇのか？　そんな魔法あんのか……」

驚くティロの前に、グラスを置き、手のひらにほのかに冷えたワインボトルを出す。

「はい、魔法使いですから」

ソムリエナイフでキャップを外し、スクリューをコルクに差し込む。キュルキュルという音が遠い喧騒の中静かに響く。レバーをかけて引き抜き、最後にコルクを持ってゆっくりと引き出す。栓が外れた瞬間、空気を飲み込む微かな音を感じた。コルクを確認すると、濃い葡萄の馥郁《ふくいく》たる香りが広がる。コッコッとリズミカルな音を奏でながら、グラスに赤い水面が揺蕩《たゆと》う。

「改めて、出会いに」

グラスを掲げると、ティロも空気に呑まれたようにおずおずとグラスを掲げる。ワインを口に含むと、赤のフルボディらしくどっしりとした粘度すら感じさせる暴力的なまでの香りの奔流。軽く息を吸い込むと、空気と反応し淡く変わりゆく香りが鼻腔で悦楽を感じさせる。

「美味い……な」

同じくグラスを傾けたティロが陶然とも呆然ともつかない表情で、言葉を漏らす。

「楽しんでもらえて、幸いです」

微笑みそう告げると、はっと気付いたようにティロが顔を朱に染める。

「うー……。きちんと話してもらうぞ？」

恥ずかし気に唸るようにティロが口を開く。

「では、結論から。私は英霊として、戦争に従事するために呼び出された過去の人間です」

驚愕の顔を浮かべるティロに向かって、私は知る限りの情報を開示する事にした。

「英霊……？　母ちゃんから聞いた事がある……。各国の癒し手が、呼び出すという、死んだ英雄か？」

「はい。王は明確に戦争があると考え、私を呼び出しました。ただ、私もどのような戦争か分からないため、少し調査を行っている状況です」

虚実を織り交ぜながら、話を進める。

「何故、あたし達に声をかけた。英雄様なら、どうとでもするだろう？　城には兵もいる」

「私は見ての通りの老体です。魔法使いですが、運動は出来ません。人手が必要というのは、そういう意味です。城の兵に関しては、その通りですが、その前に自由になる手足が必要でした。先程の話だと、その兵にも情報はいっていないようですね……」

「つぅことは、何か？　戦争は始まるが、何の用意もしていないって事か？　そんなに先の話なのか？」

「詳しくは分かりません。ただ、そう遠く無い話だとは考えています。それなのに、一番最初に動くべき輜重が動いていないというのが胡散臭いですね」

「具体的に、あたし達に何をやらせるつもりなんだ？」

「まだはっきりとは決まっていません。ただ、自由になる手足が欲しかったというのは先程の言葉の通りです」

　そう告げるとティロががしがしと頭をかく。

「あぁぁぁ。じれったい……。しかし、戦争ってなると、命を張る話になる。それをなぜ黙っていた。隠して矢面にでも立たせるつもりだったのか？」

「隠すも何も戦争に従事するとは明言しています。その上で、命に危険が無いように調整するとも言っています」

　そう告げると、ティロがあっという顔になる。

「信じて……良いのか？」

「現状で私が信頼出来るのはお金だけです。またマスターの話ではあなたが信用のおける人間だとお聞きしています。私もお話をした後に慎重に行動されたあなたに対して高い評価を感じています。出来れば、一緒に仕事がしたいと思います」

　瞳を見つめて、そう告げると、ティロが赤い顔でそっぽを向く。がしっとグラスを持って、呷《あお》る。

「命の……。仲間の命に危険が無いなら……受けてやる……」

ぼそぼそとティロが呟く。

「でしたら」

「だけどな!!　きちんと金は払ってもらうぞ!!　それに英雄様なんだろ?　もし何かあったら、国からの圧力がこないようにしてくれ。仕事でやったのに国から恨みを買うような状況はごめんだ」

あぁ、きちんと先を見ているか。

「分かりました。あなた方の将来を含めて考えます。それでよろしいですか?」

「おぅ!!」

ティロがこくりと頷くと、皿に手を伸ばし始めたので、グラスにワインを注ぐ事にした。

第18話　背中で語る

「これ、美味いね……」

ティロは話が済んだら、蟠《わだかま》りが解けたように素直にワインと食事を楽しみ始める。ジャーキーをもきゅもきゅと噛みながら、感想を述べる。

「牛を塩と香辛料の液に浸けて、乾燥させた後に燻製した物です。ほんのりと木の香りがしませんか？」

「んー？　んー……。木と言うか、花みたいな香り……なのか？　後は煙の香りは確かにしやがんな」

くてんと首を傾げたティロが目を瞑って味わってから、感じたままに口を開く。

「花ですか。確かに中々木そのものの香りを感じる事は無いですからね。嗅覚が鋭敏なのかもしれません」

「爺さん、褒めてる？」

「はい。素質だと思っています」

「ならいい」

興味を無くしたように、もきゅもきゅと食べながらワインをかぱかぱ空けていく。元が高いワインなので、もう少し味わって欲しいなとは思うが楽しそうに飲んでいるとそんな気持ちも消えていく。

「しかし……。輜重が動いていないのは分かったのですが、輜重は重視されていますか？」

「んあ？　どういう意味だ？　食わねえと、戦えねえだろ？」

ジャーキーを指示棒のように、私に突きつけるティロ。

「いえ。戦わない兵は軽視される傾向があったと思うんですが。後、輜重に関わる物資の警護がきちんとされているか等ですね」

「あー、そりゃあるよ。庶民が話出来るなんて輜重辺りまでだ。それに輜重なんて飯運びっつわれて嫌われてんな。警護に関しては、この国に限らず重視されてねぇんじゃないかな。食い物より上官を守んねぇと帰ってからが怖いかんな」

ティロが上機嫌で言う。それが本当なら、かなり楽に戦えるのだが……。ふむ。ティロ達の手を借りたとして、少し戦術を考えるか。ティロがあらかた食べ終わると、満足したように席を立つ。

「爺さん、取り敢えずは、信じる。これからの事もあんしな。だから……きちんと、応えろ。支払い額と今後はまた改めて考えろ。それを協議する」

背中で語るティロだが、魔法使い相手に背中を向けるんだから、信頼されているんだろう。格好良いな。若いけど、人を率いてきた人間か。うん、信用しよう。

「分かりました」

「じゃあな」

そう言って、階下に向かうティロ。私は片付け、テーブルと椅子を元の位置に戻す。階段を降りると、下では野卑な冗談にティロが食って掛かっている。マスターに幾らかと聞くと一万もしなかったので、二万タルを渡し、酒場を後にした。


「アルトさん……アルトさん」

キャンピングカーに着いて、中を覗くと、モニターに釘付けのアルトがいた。レティはキャフキャフとお尻を叩いているようだが、全然反応しない。声をかけてみたが、魂を抜かれたようにぼーっとモニターに集中している。電源を落とすと、ぷちゅんという音が響き、この世の絶望を現したような悲鳴が上がる。

「あぁぁぁぁぁ……。変身が、呪いが解けるか解けないかやっと、やっと分かるんです!!」

アルトが今にも泣きそうなうるうるとした目で見つめてくるが、私は額を押さえて、溜息を吐く事しか出来ない。

「レティのお世話はどうしました?」

本人はつまらないといった感じで、ちょっとむくれながら、ずりずりと辺りを這っている。

「あ、ご飯はあげました!!」

確かにお腹が減ったとは言っていないので、事実だろう。

「あまり集中していると、目に悪いですよ」

そう告げて、レティを手渡すと、反省したのか、床で一緒に遊びだす。

私は話がまとまった事に安心したので、夕飯の準備をする事にした。

第19話　トンカツで勝つ

バットに卵と水を溶いて小麦粉を加えたもの、それとバゲットをフードプロセッサーで砕いたパン粉を用意する。興味津々なのかアルトがレティを抱いて後ろから覗いてくる。

「これは……。何を作られるんですか？」

「揚げ物を作ろうかと思っています」

「揚げ物？　油で何かを作るんですか？」

聞くと、油そのものが高価で、揚げ物は食べた事が無いらしい。楽しみに待っていて欲しいと告げると、嬉しそうにソファーでレティと遊び始める。

少し分厚い豚のロース肉を出して、筋を切り、ミートハンマーで叩く。とにかく叩く。十分に叩いた後に下味をつけて溶き卵をたっぷり絡めて、パン粉を満遍なく、みっちりと付けて形を整える。フライパンに衣をつけたお肉を乗せて、火を点けて、ゆっくりと油を上から注いでいく。ちゅりちゅりと鳴り始めたら、注ぐ勢いを強め、ひたひたを超える程度に注ぎ終えたら待つ。その間に、パックの野菜を用意して、パンを焼き始める。カツの上部から肉汁が染み出し、それが固まるまで待ったら裏返す。油温計を見て、百度程度まで上がったら、一旦バットに上げて油を切りつつ余熱で内部を温める。その間に油の温度を上げて、百八十度を超える辺りまで待つ。超えたら、先程取り出したカツを投入する。大きな泡が小さくなり表面の水分が無くなって、外側がきつね色になったところで、フライ用のバットに上げて油を切る。食卓にパンやサラダ、飲み物を準備しながら、肉汁が落ち着くのを待つ。湯気が薄くなった辺りで、切り分けて皿にのせる。小皿にトンカツ用のソースを入れて、食卓に並べる。

「じゃあ、食べましょうか」

そう告げると、アルトの目が輝く。くぅとお腹の音の方が返事をしてくれるが、真っ赤な顔をしながら小さな声で食べますと聞こえる。早速、真ん中の一切れをソースに浸けて口に頬張る。かしゅりと衣が割れ砕ける食感の後に柔らかな弾力が歯先に感じられて、そのまま力を加えると、じゅわりと肉汁があふれ出し、舌の上を蹂躙する。サクサクとした食感と、柔らかな触感。香ばしい衣の香りと、濃厚で旨みに満ちた肉汁の味。渾然一体を感じながら、咀嚼を進める。こくりと飲み干して、若干放心していると、目の前では、何故かアルトが口を押さえて、じたばたしていた。

「大丈夫ですか？」

そう聞くと、こくこくと頷きが返るのだが、やっぱりじたばたが続く。暫く見つめていると、こくりと飲み干し、少し寂しそうな表情を浮かべる。

「無くなってしまいました……」

どうもあまりにも美味しすぎて、とにかく噛んでいたのだが、少しずつ無くなってしまって悲しいらしい。

「さぁ、まだありますし。また機会があれば作りますよ」

そう伝えて、食べるのを促すと嬉しそうに頬張る。これでソースに浸してしんなりしたのを挟んだカツサンドとか用意したらどうなるのだろう。そんな事を考えながら、食べ進めた。

食事を終えたら、シャワーを浴びて眠りに就く。私はレティにミルクをあげながら、明日以降の事を考える。ティロと話した事が確かならば、思いの外確度の高い情報を得られた。少なくとも、何らかの戦争行為が発生する度に使っていた雑用係を使わないというのは考えにくいだろう。と言う事は、本気で兵が用意をしていないか、極々少数での打開を狙っているかだ……。私を、一騎当千を呼び込んだというなら後者の可能性も高いが、町の噂を考えるなら、そのような性格の王ではないだろう……。勝つ気がないか、逆に少数で勝算があるか……。この二択を持って、明日に臨むとしよう。

レティがけぷりとげっぷをしたのを確認し、毛布をかけてあげる。軽く体を動かして、良い位置になったのか、目を瞑り、寝息を立て始める。私も明日の夕方からは本気で動かなければならないので、シャワーを浴びて寝る事にする。

異世界四日目は生憎の雨だ。昨日の晩は月も出ておらず、降るかと思った雨も降らなかった。窓を叩く冷たい雨。町でこれ以上顔を見せるのもまずいと考え、今日は城の詳細に関してアルトに確認する事にした。朝食を終え、その旨を伝えると、映画の続きを見る事が出来ない事に愕然としているアルトの顔が見れた。何とか宥めて、日常的に使っている経路や人物に関して話を確認していく。どうも義理の父親が昔、軍にいたらしいので、その人から話を聞ければなと考えつつ、昼を済ませ、夕方まで約束の映画を上映する。私はソファーにかけて、得た情報を元に動きを想定していく。まぁ、愚王の評価が妥当ならばやりようは幾らでもあるかと思い、時計を確認する。そろそろかと窓の外を眺めると、細い雨に変わっていた。二人でキャンピングカーから出て、全てを片付ける。痕跡を消している間に、体全体が雨に濡れる。膝下から上がってくる冷気に震えながら、唇を少し紫に染めたアルトと一緒に宿を目指す。折角昨晩は験を担いでカツを食べたのだ。出来れば簡単に交渉で勝利となればと考えるが、難しいだろうなと嘆息しながら、王都の門を潜った。

第20話　義父

宿屋に寄って鍵を返して、馬車を回収する。二人で乗って、クッションの無い状態でガタガタと庭を走り、石畳に出るが、凹凸が激しくどうしても表情が硬いものになる。

「すみません、もう少しですので……」

アルトが声をかけてくるが、そんなに表情に出ていたのだろうか。確かにお尻から腰、そして頭まで衝撃がガッツンガッツンと走るので、ひくひくと頬は動いていた気もする。

「いえ。お気になさらず。あぁ、門が見えてきましたね」

重厚な扉は馬車が一台通れる程度の隙間しか開けていない。有事の際にはそのまま閉める事が出来るし、そもそも頻繁に出入りする朝夕以外はこれで十分なのだろう。門の横には衛兵が立っており、馬車を止められる。

「これはアルト様。お帰りですか？　して、横の老人は？」

「無礼な事を仰らないで下さい。陛下の執事長に取り次いで頂いたら許可が下りるでしょう」

「畏まりました。少々お待ち下さい」

馬車の上に座ったままで指示が出せるレベルの人間……と言う事か。最近、物を食べて美味しそうな顔をしているか、モニターでアニメ映画を見ている姿しか知らないので、少し新鮮な気分だ。

暫く衛兵の監視の中待っていると、伝令が帰ってくる。耳元で何かを囁くと、門衛の姿勢が改まり、そのまま通そうとする。

「荷物の検査などは必要ないですか？」

「その籠だけですよね？　短剣程度でどうこうなる話ではありませんので、必要無いです」

ふむ。相手がそう言うならば良いかと、そのまま城内を進む。そのまま表玄関のロータリーを巡り、玄関前で停車する。

「お嬢様!!」

「ティーダイエル」

若い仕立ての良い服を着た男性が、馬車に寄ってきて、アルトの降車をエスコートする。私は相手がこちらに回ってくる前にさっさと降りる。しかし、アルトのあの粗末なポンチョとこの若者の服との乖離《かいり》が良く分からない。何故大切にされているはずのアルトがあんな粗末な服装で、一人過酷な場所に残されたのか。

「お客様ですね。私はアルト様付きの侍従のティーダイエルと申します」

「丁寧にありがとうございます。アキと申します」

そう伝えると、ティーダイエルは一礼し、玄関へと誘導してくれる。そのまま応接間まで通されると、木のソファーを勧められる。

「では、レーディル様をお連れ致します。少々お待ち下さい」

聞いた事の無い名前に軽く首を傾げると、アルトが耳元で囁く。

「私の義父です。元、王国の将軍でしたが、今は引退して、私の後見人になって下さっています」

話していた内容で両親を失ったと聞いていたが、義父の話は出てこなかった。しかも元将軍が後見人か。思った以上に癒し手というのは権力があるものなのだろうか。そんな事を考えていると、ノックの音が聞こえる。返答すると、ティーダイエルがレーディルを連れてきた旨を伝えてきたので、私達は立ち上がり入室を許可する。

かつりかつりと入ってきたのは身長は私と同じくらいの高さの、立派な髭を蓄えた初老の男性だった。四十の半ば程度だろうか。髪や髭に白いものが目立ち始めている。

「初めまして、レーディルと申します。どうぞ、よろしく」

そう告げて、胸に手を当てたので、同じく私も胸に手を当てる。

「初めまして、トシアキと申します。発音が難しいと思いますので、アキで結構です」

そう返すと、口の中で小さくアキ、アキと繰り返し、ほのかに微笑む。

「アキさんですね。娘がお世話になりました。あなたが英霊と言う訳ですか」

「はい。遠い異国の者なので、無作法はあるかと思いますが、ご了承願います」

軽く頭を下げて、そう伝えると、レーディルの笑みが深くなる。

「受け答えをお聞きして、話し合いが出来る方と分かりほっとしております。英霊の方々の中には、中々状況が理解出来ず混乱する方もいらっしゃいますので」

そんな相手の接待をアルト一人に押し付ける意味が分からん……。

「では、ゆるりとして下さい。事情の方を説明致します」

レーディルがそう言ってかけるのに合わせ、私達も座り直す。

「まず、アルト。苦労をかけた。無事務めを果たしてくれた事、誇らしく思う」

その言葉に驚いたような顔を浮かべ、こくりと頭を下げるアルト。

「道中はご不便をおかけしませんでしたか？」

「いえ。事情に関しては知らされていないようなので、それには戸惑いましたが、分かる範疇でのお話は聞く事が出来ましたので。それに私は食事を必要としないので、大きな問題はありません」

そう告げると、レーディルが目を見開く。

「食事を必要としない……ですか？　失礼、老年の姿といい、こちらも不思議に思っている事は多いです。若返りの宝玉をアルトは使わなかったのですか？」

「いえ。食事に関しては修行の末に魔法で体調を管理出来るようになりました。年齢に関しては、九十で他界したもので、使って頂いた宝玉ではこの歳までしか戻りません」

今後、食事の機会があるだろう事を見越して先に不要の旨を告げておく。正直、不衛生な食事を取ると下痢になる可能性の方が高い。

「九十ですか……。この国の長老でも七十です。余程高名な魔法使いだったのですね」

「いえ、世情には疎いです。深山のその奥にて修行を経て、世界の真理を掴む道半ばで眠る事となりましたから」

「なるほど……。五千の兵相手に英霊一人を呼び出して、何の意味があるのかと考えていましたが……。失礼、そのお姿を見て、若干侮っていました」

「それは仕方のない事です。私自身、体は若い時のようには動きませんので。ただ、広域を殲滅《せんめつ》する術には長けておるつもりです。そちらの望む成果は発揮出来ると考えます」

そう告げると、レーディルがやや申し訳なさそうな表情に変わる。

「安らかに眠っておられるあなたを再び起こした上で、お願いするのは些《いささ》か以上に無体とは思いますが、故国の危機故の勝手とご了承下さい」

「私自身、道半ばで果てた未練もあります。危機を回避した後の自由を許可してもらえるならば、何も思う事はありません」

そう告げると、ほっとした表情に変わる。

「では、具体的な説明に移るとしましょう」

レーディルが頭を上げて、ティーダイエルの方に頷くと、地図を持ってきて、テーブルに広げてくれる。やっと詳細が分かるかと少し楽しみになってきた。

第21話　謁見前の小細工

説明内容としては、地理の説明、国同士の内情を除くとアルトの補足といったところだろうか。

だが、何故軍が動いていないかの部分に関してはもう少し突っ込んだ話が出来た。

「ここに訪れる前に町の中で少し商人と話をしました。古今、戦争と言えば、物資を大量に使うのは変わりないはず。それにしては、全く動きが無いようですが、どういう事なのでしょうか？」

そう告げると、レーディルがやや消沈した表情に変わる。

「国王陛下の意向です。国民に余計な不安を抱かせれば、不安が物資の高騰を招くと。ただでさえ飢饉で足りないところに買占め、売り惜しみが発生すれば確かに大きな問題となります。ただ、実際に動かないのとは話が別です。現在、戦争の話を知らされているのは、閣僚各位とアルトの後見人である私だけです」

言っている内容を聞く限りは常識人だし、情報の出し方も取捨選別はあろうが、誠実に出してくれている。この人は信用出来るな。

「ふむ……。民を思うのと、実際の脅威に対する対応は別でしょう……。不敬を承知で言うならば、民の反乱を恐れての愚行な気はします。たとえ、私が全てを対処出来るとしても、兵員を用意しない事とは同義になりません。散兵や迂回戦術を取られた場合、王都まで辿り着く兵が出ないとも限りません。……国王陛下は何をお考えなのでしょうか……」

そう告げると、レーディルも難しい顔に変わる。

「はい。それは仰る通りかと思います。ただ、私も直接政務には口出しは出来ません。もう、将軍職を退いた身です。詳細は直接、国王陛下とのお話で真意を探ってもらえればと思います」

「分かりました。国王陛下との謁見はいつ頃を想定しておけばいいですか？」

「元々馬の脚を考えて、本日の夕刻は空けておりました。暫し、部屋で休んで頂き、その後に謁見の流れです」

「そう……ですか。では、案内をお願いします。あ、お茶や水も結構です。謁見まで少し作業を行うので、時間になったらお呼び下さい」

そう告げると、ティーダイエルが一礼し、案内をしてくれる。部屋は、アルトの部屋から二つほど離れた階段側の部屋だった。中に入ると、本当に客間という感じで、ベッドと文机、それに衝立程度しか見えない。裏側を覗くとおまるが一つ。ベッドの方は藁も新しいもので、思った以上に好待遇か。取り敢えず、若干でも時間があるのならと椅子に座り、机の上で小細工を始める。螺鈿《らでん》細工の箱に物を納めて、用意が完了した辺りで声がかかる。

「アキ様、陛下が謁見の間でお待ちです」

侍従の声が聞こえたので、箱を献上品と伝え手渡す。正絹《しょうけん》の縮緬《ちりめん》風呂敷を開けて箱を確認した瞬間、侍従が目を見張る……。

「恐れながら献上品と言う事で、中を検めてもよろしいでしょうか？」

「それがお役目なら、どうぞ」

そう伝えると、二人がかりで恐る恐る箱を開けると、ほぉと溜息ともつかない声が漏れる。

「眼福でした。では、謁見の間へ」

そう告げられ、最上階の三階へと階段を上る。部屋の前には両開きの扉があるのだが、どう考えても害意のある赤い光点が一つ。ふむ、場所的には一人しかいなさそうなのだが、まさかなと思いながら、侍従に頷きを送る。

侍従が、扉を開き宣言する。

「英霊アキ様のご到着です。拝謁の儀へと移ります」

そう告げられたので、私は居並ぶ閣僚達の真ん中を進む。この国の作法は知らないが、基本的には壇上から三歩ほど離れた場所で最敬礼だろう。事前に教えてもらえなかったと言う事はこちらの考えるやり方で問題無いのだと考える。英霊扱いの人間はどの時代のどんな人間が現れるかは分からない。逆に国王側がこちらの機嫌を損ねかねないという不安もあるのだろう。

かつりかつりと真っ直ぐ国王を見つめ、歩を進める。手前三歩で足を揃え、手をピタリと体の横に付け、九十度のお辞儀をする。

「国王陛下。本日はご尊顔を拝謁する名誉を賜り、恐悦至極に御座います」

その言葉を合図に謁見が始まった。

第22話　献上品とはったり

「と言う事は、この国の者では無いというのか？」

実際の質疑応答には宰相が出てきて、話をし始めた。

「はい。このように寒い土地ではありませんので、かなり南の方かと思われます。ただ、祭壇の祠から南は海が広がっているようなので、もっと東の生まれなのだろうとは考えます」

「ふむ。それでいてその流暢で美しい共通語は信じられぬな。東の民はもっと雑音に近いと聞くが……」

どこの人間もオラが国が一番か。そこからお国自慢が始まりそうだったので、手を翳《かざ》す。

「話の途中で恐縮ですが、本日は陛下に献上の品をお持ちしております。修行中に神より賜った物でございます」

そう告げると、後ろで待機していた侍従がやや緊張しながら、国王の前に跪《ひざまず》き、風呂敷包みを高々と持ち上げる。

「開けよ……」

今まで黙っていた国王が初めて口を開く。

侍従が縮緬の風呂敷をはらりと剝いた瞬間、閣僚達の口から溜息のような言葉にならない声が謁見室の空気を震わせる。艶やかな漆の深い黒に螺鈿の楚々とした蝶がその優美さを誇る箱。

「宝石の……欠片を埋め込み、絵と成すか。神の御業と言うのは恐ろしいな」

国王が呟き、こくりと頷く。侍従が箱を開けると、中には極彩色に彩られた、孔雀の羽が一本。

「神より賜ったペンでございます。布、羊皮紙問わず何にでも書ける漆黒の墨が無限に湧き出る逸品です。ただ、既存の墨に浸けられますと汚されたとして効力が失われるそうです。その件のみ、ご留意下さい」

実際は、インドかどこかのお土産でもらった孔雀の羽に油性のボールペンを仕込んだ物だ。余程箱の方が価値が高いが、そんな事気付く訳も無いかと起立を続ける。国王は侍従から渡されたペンと羊皮紙に何かを書き、その書き心地を確かめる。

「良いな……。直答を許す」

「ありがたき幸せ」

再度、最敬礼を行い、感謝を示す。

「では、此度、私を呼び出した目的をお教え下さい」

「飢饉に伴い、隣国側が食料を渡すか否かを突き付けてきおった。断れば開戦とな。民を思えば、飲めぬ。故に、戦争を選んだ。その為の術《すべ》として、お前を呼び出した」

詰まらなそうに口を開く国王。と言うか、贈り物をしたんだから名前くらい名乗っても良い気はするが。知ってて当たり前の話として処理されているのか、舐められているのか。

「しかし、町の様子を窺うと、戦争の気配は感じませんでしたが？」

「若返りの宝玉は高価な品だ。それを六つ、既にお前の老体に使っておる。これ以上の戦費は割けん」

「では、私一人で五千からの相手をしろと？」

「不服か？　一騎当千の者を呼び出すのが祠の力であろう。既に、宝玉を使ったのだぞ？」

なんて無茶振りかと思うが……。

「近くに練兵のための場所などはありますか？」

周りの閣僚に問うと、鎧を着込んだ将軍職っぽい男性が窓から指で示す。町の外周の外側に、土で赤茶けた高校のグラウンド程度の空間がある。

「あそこで訓練を行っておる。本日は誰もおらぬな」

「そうですか。では、実力を確認頂く事としましょう」

そう告げて、宰相を手招きし、練兵場を指し示す。その右手で指をぱきりと鳴らす。刹那、練兵場は劫火の海に埋め尽くされる。ひぃぃと叫びながら、腰を抜かす宰相。居並ぶ閣僚達もその惨状に言葉を失う。

「大軍の相手は得手です。存分に戦果を期待して下さいませ」

私は、にこりと微笑み、国王に告げた。

第23話　小物の正体

「あい分かった。では、実戦でその実力を証明せよ」

宰相に軽く頷きかけると、国王は一人退室していく。腰を抜かしていた宰相が侍従に支えられて、何とか立ち上がる。

「戦争の終了条件に関する詳細の策定に関しては、いつ行いますか?」

そう問うと、あわあわしていた宰相がやや落ち着きを取り戻し、口を開く。

「これより国王陛下と打ち合わせを行う。明朝に話し合いの席を設ける。それで良いな?」

「分かりました」

四十五度に腰を曲げ、宰相に優美と思われる礼を行い、再度主のいない玉座に九十度のお辞儀を行う。

「では、退室します」

そう告げて、謁見室を出て、侍従に誘導してもらい、自室に戻る。世話は必要ないと告げたが、世話役は扉前で待機するようだった。また、面倒な。私は、盗聴器の受信機のアンテナをアラートの赤い点に向けて、音量を調整し始める。まだ、カタカタと音が鳴っているので、移動中なのだろう。あの手の人間だ、絶対に自分の手に舞い込んできた望外の品は愛でる。確信している。それを見越して、箱の底は二重底になっているし、盗聴器も仕込んでいる。構造上寄木細工が分からなければ開ける事も出来ないし、そもそも中布を取り出して調べるという事もしないだろう。

楽しみに、受信機から流れる音をイヤフォンで聞いていると、ノックの音が聞こえたので机の上を布で隠す。

「はい、何でしょうか？」

「レーディル様、アルト様がお越しです」

「通して下さい」

かなりくぐもっているのを聞いている限りでは防音は問題無いか。周囲を確認する限り、諜報員の姿も確認出来ない。余程この老人の姿は油断を誘うらしいな。

「お疲れ様です。して、会見の結果はいかがですか？」

レーディルが口を開くのに対して、私は自分の口に人差し指をそっと立てる。

「お声を小さく。軽い罠を仕掛けました。黒幕の本音を確認するとしましょう」

密やかに告げて、机の上の布を取り払う。レーディルは首を傾げるが、アルトはスピーカーを見ているので、音が鳴る物だというのは理解している。

「何かの音楽などを鳴らすのですか？」

アルトが問うてくるので、二人に席を勧める。

「ええ。黒幕という鳥が囀《さえず》るのを楽しむ事にしましょう」

そう、害意というアラートを向けてくれた、国王のお言葉と言うやつを存分に聞かせてもらおう。

受信機の音量を調整し、三人がぎりぎり聞こえる程度の音量に調整する。周囲は『ちず』で警戒しているので、人が接近すれば分かる。移動中のカタカタと言う音が止み、ホワイトノイズが続く。

レーディルは皆目見当のつかない顔でアルトの方を見るが、アルトも実際に何が起こるかは分かっていない。双方共に首を傾げた瞬間に、くぱっという、空気の流入音がスピーカーから発せられる。


「ほぉ……。あの愚か者が持っていた物にしては、存外に美しいな……」


若干ノイズが混じるが聞く人間が聞けばすぐに分かる。

「こ……国王陛下!?　これは？」

「静かに。国王陛下の部屋の音をここに誘う魔法を使いました」

「それは……越権行為ではないかな？」

レーディルが若干不機嫌そうに言うが、私は目を見開き、首を傾げる。

「現状は無位無官。権利も義務もございません。ただ、今後雇い主となる方がどのような考えを持っているかは知りたく思いますが？」

そう告げると、レーディルも黙る。本人自身も、現状は無位無官のただのアルトの後見人だ。国王に対しての忠誠という意味での義務はあるだろうが、アルトからある程度の話は聞いているのか、特に邪魔する気配はない。拳銃は出そうと思えば出せるし、無手の相手とテーブルを挟んでいるので、そこまで危険も感じない。

「そうですな。この箱の細工といい、逸品と言えるでしょう……」

この声は、宰相か……。

「あの物知らずめが、自らが生贄に呼び出されたとも知らず、私に媚びを売るとはな。笑いを抑えるのに精いっぱいだったぞ……」
「ほんに。しかし、あの魔法は侮れませんな……」
「うむ。『バーシェン』との契約では、向こうの兵が王都周辺を取り囲んだ時点で、無血開城という流れだったな」
「はい。徒《いたずら》に兵の消耗を望まぬ慈悲高き国王陛下が、交渉の末、この地を辺境伯として納めるという流れでございます。それに際し、進軍を邪魔したあの老人は消されるでしょうし、それを計画したレーディルと娘も処刑ですな」

その瞬間、二人が驚きに声を上げそうになるが、手を差し出し、抑えてもらう。

「このようなどうしようもない土地はくれてやればよい。民の指導も『バーシェン』が行うと言うではないか。儂は上がってくる税収から必要な分を抜いて、渡せば良いだけ。税率もこちらで融通を利かせて良いという話だしな。この箱でも献上すれば覚えもめでたくなろう」

「そうですな。飢饉という名目で集めた穀物も国王陛下の財として認められます。併合後は倉を開けて高値でばらまけば、農奴の出来上がりですな……」

「うむ。生かさず、殺さずだな。反乱を企てるのなら『バーシェン』に出張ってもらえばよい。父上は何故このような民を見捨て、隣国に下らなかったのか全く理解に苦しむ」

「矜持《きょうじ》で物は食えませぬ。あの愚物はどうしましょうか……」

「軍監という名目で何名か付けよ。書状は儂が書く。『バーシェン』の軍が見えた段階で殺害するように指示をすればよかろう。帰ってきたら、口を封じる」

「なるほど。それは名案ですな」


そこからは聞くに堪えない、四方山話が続く。

「さて、お二人共、これが現実です」

私は受信機のスイッチを切り、にこりと微笑み、二人に告げた。

二度目の地球で街づくり
開拓者はお爺ちゃん
1
NIDOME NO CHIKYU DE MACHI ZUKURI
舞 ill・東条さかな
初回版限定
封入
購入者特典
特別書き下ろし。
転生元の話
※『二度目の地球で街づくり 開拓者はお爺ちゃん 1』をお読みになったあとにご覧ください。
EARTH STAR NOVEL

転生元の話

抹香の香りが広がる中、粛々と葬儀が進んでいく。悲しみの中にも、温かさを感じる斎場の空気だ。

「この度はご愁傷様でございます。心よりお悔やみ申し上げます」

「この度は父の為に……」

「いえいえ。生前は大変にお世話になったものです」

弔問に訪れる人々も、厳粛な表情の中にも懐かしさを覚えている人間の割合が多い。

「大沢会長には……いえ、御社には辛い時にいつも助けて頂き……」

途切れる事の無い列は和やかに進行していく。


葬儀後の精進落しの場は非常に明るい空気に包まれていた。

「九十の誕生日を迎えてか……。大往生じゃないか」

老齢の男性がしみじみと語るのに、周囲が頷き合う。

「大沢君も亡くなる間際まで仕事の毎日だったようだよね」

「あれだけ元気に歳を取るのは理想だね」

そろそろ頭が寂しくなり始めた集団がぼやくように呟くと、明るい笑いが広がる。

「入院してても仕事が出来るんだから、もう休む暇なんて無いよねぇ、和也君」

和也と呼ばれた緑寿《ろくじゅ》ほどの年代の男性がこくりと頷く。

「父も仕事が好き……と言うのは少し違いますか。人と関わるのが好きだったのでしょうね……」

和也がしみじみと呟くと、懐かしむように周囲の人間が頷き合う。

「そりゃそうだ。これだけの人間が集まるんだ……。人徳だよね」

社葬の場所として、ホテルの大ホールを借りたにも拘らず、入れ替えを行わなければならない程の人間が集まっている。そこかしこでは故人を懐かしみながらの話に花が咲いていた。

「奥様を亡くされてからも頑張っていたからね……」

そっと懐かしむように白髪の男性が口を開く。

「一時期は悲壮な感じはしていたけど、立ち直ったからなぁ……」

「会社の方も順調に大きくしていったんだから、偉いさ」

「そうだ、会社の方は大丈夫かい？」

お腹周りが豊かな男性が和也に声をかけると、にこりと微笑みが返る。

「はい。入院前に引継ぎは済んでいますから。しかし……」

苦笑を浮かべる和也。

「作業の文書化は父の悲願でしたが……。遺言書を預かった時は面食らいました。ちょっとしたシステムの仕様書並みの厚みでしたから」

そう呟くと、ぶっと噴き出す音が連鎖する。

「あぁ、大沢らしいな。昔からそうだった、あいつはメモ魔だったたし。理屈屋で、それでも人が好きで……」

「そうだな、いつでも人ありきで環境を作ってた。生まれ変わっても、あいつは変わらんな、きっと」

一人の男性が呟くと、皆が懐かしむように目を細める。

「そうだね。きっと天に登ろうが生まれ変わろうが、また人を幸せにするんだろうな」

「父らしいですね」

和也の呟きに、こくりと皆が頷き合う。

「父さん」

壮年の男性が和也に声をかける。その後ろにはちょこちょこと小さな男の子と女の子が付いてくる。

「おぉ信也、着いたのか」

「えぇ。この子達にも見送りをと思って。爺ちゃん、奇麗な顔だったよ」

「あぁ、母さんの時もそうだったが……。きっと思い残す事なんて無かったんだろう」

「爺ちゃんらしいね」

「残された身では、冥福を祈る事しか出来ないさ。はは、でも父さんの事だからきっとあの世でもうまくやってるさ」

そっと和也が手を合わせるのを見て、子供達も含めてそっと黙禱が始まる。その後も会談は和やかに進んでいった。

第24話　老臣の決心

「話が見えない……。貴方を呼び出す件も国王陛下の命であったにも拘わらず……か？」

　レーディルが呆然とした表情で、絞り出すように声を発する。アルトは話が分かっていないのかきょとんとしていたが、不穏な空気は察したのか、徐々に表情を曇らせている。

「信じられない……です。陛下が……。確かに足らぬところはあったかもしれません。しかし、それは我々が支え、ここまでやってきたはずです……。それが、国を売るなどと……」

「信じて頂けるのならば。あれが、国王陛下の真意なのでしょう」

　私が静かに言うと、レーディルがはっとした表情を浮かべ、沈痛な面持ちになる。

「そう……ですね。このままでは座して死を待つばかりですか……」

　アルトを眺め、悔しそうに噛み締めるように言葉を発する。

「まぁ、予想の範疇ではありますが」

「え？」

　俯いていたレーディルが首を上げる。

「アルトと一緒に『バーシェン』の現状は確認してきました。間違いなく戦争に討って出る体制の国家ではないでしょう。逆にそんな無駄な支出をするくらいなら、開発や貿易に回すという意思をありありと感じましたから」

「では……？」

「私も老いた身です。手足となる者は必要ですが、町で目途は付けております。後は決心だけです」

その言葉にレーディルが首を傾げる。

「決心……。何をでしょうか？」

「国を捨て、新たなる地で一から生活を立ち上げる……事でしょうか」

「それは……」

ふむ、元将軍と言っても、ゼロからの開発経験なんて無いだろう。警護に入った経験があるなら、村の開拓の辛さだけは認識しているだろう。だが、アルトはそれを聞き、喜びを露にしている。

「手伝っては頂けるのですね？」

アルトの言葉に頷きを返す。

「勿論です。人の世の常とはいえ、善き人もいれば悪しき人もいる。出来れば知り合った方が不幸になるのは見たくない。それが人情でしょう」

「しかし……一からの開発などと……。生きやすい場所は他の人間が開発を進めているかと考えますが……」

　レーディルの言葉にそっと右腕を差し出す。

「それはこれから探します。戦争まではある程度時間はありますね？」

「はい。通常は開戦の案内を送ってきます。それに基づき、戦争を開始します。それが来ていないのならば、まだ二週間ほどは猶予があります」

「では、その間に新天地も含めて対応します。どうか、共に歩む決心だけ、固めてもらえませんか？」

　その言葉に、レーディルが固まる。今の生活を捨てる、捨てなくても殺される、『バーシェン』に逃げても国王の影響で殺される可能性は高いだろう。その悩みの末に、アルトの表情を見て、目に力が戻る。

「これだけ……この子が信じ切っているのです……。何か策はあるのでしょう。分かりました。この国を捨て、新天地での生活に賭けます。どうかアルトと共に助けてもらえませんでしょうか？」

「分かりました。用意はこちらでしますが、実際に生きるのは皆さんの意思です。では、動くとしましょうか。アルトさんはどうします？」

「出来るならお手伝いしたいです!!」

　きらきらとした瞳で訴えてくるが、美味しい物が食べたいという副音声が聞こえてきそうだ。

「分かりました。レーディルさんには城の情報を探ってもらいます。私とアルトさんで新天地の調査と戦争への対応を考えます」

「それは……暗殺の対応も含めてですか……?」

「はい。それも含めてです。ご安心下さい」

にこりと安心させるように微笑みを返す。

「功臣を使い捨て、自らの欲で守るべき民を捨てるというのです。その高慢の代償は払ってもらう事にしましょう」

微笑みながら、差し出した右手で握手を交わす。その力強さにアルトの未来への心配を感じる。

安心して欲しいという思いを込めて、力強く握り返した。

第25話　信頼とは

「あの……アキさん。今日は晩御飯と寝る所はどうするのでしょうか？」

感動的な握手による心のやり取りの横で、アルトがくてんと首を傾げる。

「今の話を聞いている限り、城内で宿泊するのは危険でしょうね。名目をどうするかですが……。戦争用の触媒を手に入れると言う事で、町の外に出るしかないですか……」

私がそう言うと、レーディルが表情を変える。

「屋外で野営ですか？　もうこの季節には辛いかと思います。宿屋か、せめてアルトだけでも城で預かる事は出来ませんか？」

レーディルが必死になって言うと、逆にアルトが非常に嫌そうな顔に変わる。

「お義父様、私もアキさんと一緒に外で宿泊します」

「いや、何を言っているんだ。もう夜はかなり冷え込む。この辺りは人里に近いとはいえ、野犬の類はうろついている。食糧難で手を出しているので、恨みも買っているはずだ。そんなところに……」

あぁ……。肉のために犬すら狩らないといけないくらい追い込まれているのか。上空から見ても、牧場なんてなかったし、畜舎は有ったがあのサイズでは農作業用の家畜を飼うので精一杯だろう。狩りだけではこの規模の町だと安定して肉を供給するのは難しいだろう。森はあるが、どれだけの猟師を維持出来るのか……。

「でも、アキさんが安全にしてくれるし……。ねぇ、アキさん」

どうもアニメの続きが見たいのか、かなりそわそわ必死に訴えてくる。

「そう……ですね。実際に私の力の一端でも知って頂く事は必要かと思います。夕ご飯はまだですよね？　もしよろしければ、ご一緒しませんか？」

そう告げると、レーディルが不可解な表情を浮かべるが、アルトの顔を見て、諦めたように席を立つ。

「移動はどうなさいますか？」

「町の出口までは馬車で。そこからは歩きでしょうか。あまり町の人間には見られたくないもので」

「魔法使いの深奥の知識ですか……。それは確かに。分かりました。馬車の手配と食事の件を話してきます。それに私も身分がばれないように動いた方が良いでしょう」

そういうとレーディルがこくりと頭を下げて部屋を出ていく。

「よろしかったのですか？」

アルトが少し申し訳なさそうに聞いてくる。その気の遣い方をするなら、初めからレーディルと同道して欲しかったなとちらりと思うが、詮無い話かと思い直す。まだまだ子供なのだから、欲求の方が強く出るのだろう。それに……。

「レーディルさんは私の力を認識した訳ではありません。言葉を幾ら用いようと、自らの目で、体で経験した事しか信じられないでしょう。まずは、国を出ても生を維持出来ると言う事を認識してもらう事。それが肝心だろうと考えます」

そう答えると、アルトがほっとした表情を浮かべる。

「すみません。男性の話し合いに差し出口とは思いましたけど……」

そう告げるアルトの頭を優しく撫でる。

「お義父様にも体験して欲しかった。そうですね？」

そう聞くと、こくんと頷く。その姿に淡い微笑みが浮かんでくる。あぁ、良い親子なのだろう。

「優しいですね、アルトさんは」

その言葉にほわっと紅潮したアルトがじりっと下がり、頬を押さえる。

「あの……!!　私、無礼な事や無理な事ばかり言っていますか!?」

「いいえ。人を信じると決めたなら胸襟を開くのが私の流儀です。レーディルさんは今回の計画で救うべき対象です。それには、レーディルさんにも私を信じてもらう必要があります。それが人と人の交流、交渉だと考えています」

そう答えると、所用が済んだのか、レーディルが部屋に戻ってくる。

「では、アキさんの手伝いをすると言う事で、外出の許可を得て参りました。国王陛下にもこの情報は伝わります……が、どうした、アルト？」

紅潮したアルトの表情を見たレーディルが訝し気に聞く。

「いいえ、お義父様。少しだけ嬉しい事がありました」

守るべき対象に義父が含まれているのを確信して安心したのか、アルトが柔らかい満面の笑みを浮かべて、そう告げた。

第26話　温かな雨

昔将軍だったと言う事もあり、レーディルの顔は売れている。そのため、小さな箱馬車を用意してくれたようだ。御者も信用のおける人間らしいという事で安心して馬車に乗り込む。

「では、町を出て道が続く辺りでよろしいですか？　馬車が反転出来るだけの広さとなるとそこまでは遠くに出られませんが……」

「はい。町の人間の興味を引かない程度の距離が保てれば十分です。もう間もなく門も閉まるでしょう。御者の人を雨の中、野営させる訳にもいきません。急ぎましょう」

そう声をかけると、レーディルから同意の頷きが返り、御者への指示が送られた。相変わらずのがたがたに顔が歪むのが分かる。もうばれているからと指をぱちりと鳴らして注意を引きつけながら『せいぞう』でクッションを生み出し、レーディルとアルトに差し出す。アルトはいそいそと敷いて、ぽふりと座り込み、ニコニコとしている。レーディルは感触を確かめ、アルトの見よう見まねで尻の下に敷く。

「これは……。綿とも違う感触でしたが……。如実に衝撃が変わりますね」

「素材が違いますから。これも魔法ですね」

「はぁ……。このような自由な魔法は聞いた事がありませんな。やはり、隔絶した実力を秘めてらっしゃるのですね……」

レーディルが誤解して感心してくれているので、そのまま評価を受けておこうと考える。別に正直に喋ってもなにも良い事はない。少なくとも事が終わるまでは大人しく味方でいてもらう方が重要だ。

そんな事を考えていると、がたりと馬車が大きく跳ねて、一気に振動が酷くなる。

「門を抜けて、舗装路を外れましたな」

がたがたと暫く走っていると緩やかに速度が落ちて、やがて停車する。

「レーディル様、これ以上進むと戻れないです」

御者が窓を開けて報告してくれたので、クッションを戻し、皆で降りる。雨は霧雨のように細くなっていたが、まだしとしとと降り続いている。レーディルが何かを御者に握らせたかと思うと、馬車が大きく反転し、元の道に戻っていく。

「お金……ですか?」

「はい。急な話でしたし、雨の最中個人的な話を聞いてもらったので。酒の一杯でも飲まなければ、冷えるでしょうから」

将として多くの人間を率いていた筈なのに、個人に細やかな心遣いが出来る姿勢は好感が持てるなど思いながら、ランタンを生み、もう暫く歩く。足元の泥濘にサンダルが捕られ、歩きにくくはあったが、藪を抜けて昨夜の場所まで進む事にした。アルトは大丈夫かなと後ろを振り返ると、思った以上にしっかりと追ってきている。やはりこの世界で育った子供の方が、こういう局面では強いかと感心する。

「泊っていたのはこの辺りですね」

藪が乱れている場所を見つけ、レーディルに声をかける。

「そうなのですか？　煮炊きの跡も無いようですが……」

レーディルが不思議そうに告げるのを聞き終える前に、キャンピングカーを二台、藪の奥側に生み出し、設置する。

「な!?　こ……これは!?」

クッション程度の小物では驚かなかったが、流石に箱馬車より大きな物を二台も出せば驚くか。

「アルトさん、左側をお二人で使って下さい。体が冷えたでしょうから、先にシャワーを浴びてゆっくりしておいて下さい」

「アキさんはどうなさるんですか？」

「私は、隠蔽をし終わってからシャワーを浴びて、食事の準備をします」

「お手伝いを……」

と言っているが、アニメの続きをみたいなと言うのが表情に浮かんでいるので、思わず笑ってしまう。

「それなりに長くお義父様と離れていたのです。積もる話もあるでしょう。私の事は包み隠さずお伝えしてもらって構いません。ごゆっくり」

そう告げると、アルトがこくりと頷き、放心したレーディルを引きずっていく。私は先日と同じく迷彩シートをかけて、藪を切り、偽装を済ませて車内に入る。濡れた服を一旦戻して乾いた清潔な物をクローゼットに用意し、ガウンと下着を持って、シャワー室に入る。さてさて、レーディルはどんな気持ちでシャワーを浴びるのか。少しだけ面白みを感じながら、まずは味方が増えた事を神に感謝しながら、温かな雨を浴びる事にした。

第27話　子供が好きと言えばハンバーグかなと

熱いシャワーで体の芯まで温まった後にガウンを羽織り、夕食の準備を進める事にした。ステーキというのもレーディルの年齢を考えると噛みにくいだろうか。

この世界、やはり歯の問題は深刻なのだろう。レーディルは今の私より若いはずだが、残っている歯の数はかなり少ない。肉体労働の人は噛み締める機会が多いので、適切なケアをしないと歯がボロボロになる。そうなると踏ん張る事が出来なくなる。そういう経緯で引退した可能性はあるかもしれないなと意識を飛ばす。戦争の形態も将が前線に出て士気を上げないと駄目だろうし、指揮も目が届く範囲でしか取れないだろう。

そんな事を考えながら『せいぞう』の食材欄を見ていると、中間製造物というタブがあったので見てみる。中には餃子《ぎょうざ》のタネなどが見つかる。うーん、機能に慣れると詳細情報が解放されていくんだろうけど、通知は欲しい気がするかな。何が変わったのか分からない。でも、そういうのを気にせずいつの間にか使いこなせるようになるインターフェースを目指しているんだろうか。

インターフェースの重要性は非常に高く、現役の時も口が酸っぱくなるほど顧客と打ち合わせして共通意識になるまで作り込めって話をしていたなと。導入以後の作業効率に如実に表れるので、ここだけは譲る事が出来ない。

ふと目が留まったところにハンバーグのタネが見つかったので、夕食はこれで良いかな。アルトもお肉は好きだろうし。今まで作ってきたハンバーグのタネがメニューにずらりと並ぶ。ある程度内容物が似ている物はスタックされているので、そこまで種類は多くない。スタンダードな牛豚の合挽肉と玉ねぎのレシピのタネを三つ生み出し皿に乗せる。

フライパンに牛脂を軽く塗ってからタネを置く。その後に火を点ける。カンカンになるまで熱してから肉を置く人がいるが、あまり急激に肉を熱すると固くなるし、焦げの元になる。早く周りを焼き固めないと肉汁が逃げると強迫観念にかられるかもしれないが、肉汁が出始めるのは中心まで熱が通ってからだ。ゆっくりと火を通しても、中まで熱が通る頃には周りは固まる。焦げてガリガリのハンバーグを食べたくはないので、弱火でじっくり周囲を熱していく。肉が白く変化し、軽く焼き色が付いたところで、裏返し再度弱火で焼き進める。両面に焼き色が付いたら何度かひっくり返し、赤ワインを回しかけてフォン・ド・ボーの缶詰を投入後蓋を被せて、蒸し焼きにする。

並行して付け合わせに蒸し野菜を作る。これに関しては、冷凍の温野菜をレンジで温めるだけで良いだろう。念のため、パック入りのサラダもボウルに盛り付けてオリーブオイルベースのドレッシングを注ぐ。酒場でオリーブの油漬けがあったので、こちらでもきっとポピュラーな味なのだろう。

温野菜が温もったところでバゲットをトーストしはじめる。ぐつぐつと煮えていたハンバーグも十分に中まで火が通ったようなので、蓋を開けてソースをスプーンでかけながら水分を飛ばす。ドロドロと濃厚になってきたなと思ったところで、ドアがノックされる。

声をかけると、アルトのようだ。扉を開くとさっぱりした様子のアルトと見違えるほど若々しくなったレーディルが若干雨に濡れた姿で現れる。タオルを差し出しながら聞いてみると。

「どこからともなく美味しそうな匂いが漂ってきて……。我慢出来ませんでした……」

アルトがしょぼんと表現出来そうな表情を浮かべながら、上目遣いで謝ってくる。そのアルトの頭を撫でながらレーディルも弁護に入る。

「用意の途中にお邪魔をするのはと思いましたが、確かに良い香りで。作り方などを見てみたく思いました」

「なるほど。しかし、もう出来上がります。ソファーでおかけになってお待ち下さい。アルトさんはお話は出来たかな？」

そう問うと、きょろきょろと視線を左右にし始めるのを見て、苦笑が漏れてしまう。キャンピングカーの紹介でいっぱいいっぱいだったのだろう。

「もう少しソースの水分を飛ばしたら完成です。それまでゆっくりご歓談下さい」

そう告げて、奥へと導く。もう日も落ちている。お腹も空いているかと、乾燥スープの素からジャガイモのポタージュを選び、カップに入れてポットからお湯を注ぐ。ゆっくりと粉が無くなるまで混ぜて、先に二人に差し出す。

「何か粉のようなものを入れていましたが……。これは？」

「芋のスープです。食べる前に温かいものを入れていると、内臓の負担が減りますよ」

その言葉で、レーディルとアルトが匙で掬い、そっと口に運ぶ。

「うぅー!!」

アルトが頬を押さえて、ぱたぱたと顔を左右に振る。レーディルも一瞬目を見開いたかと思うと、黙って少し性急かと思うほどの勢いで匙を上下し始める。

「ふぅ……。これは……。あんなに簡単に作っていた物とは思えません。芋の種類は分かりませんが、何とも優しい味ですね」

レーディルが額に浮いた汗を拭いながら、キッチンの私に声をかけてくる。

「なるほど。ジャガイモはこの辺りではまだありませんか。栄養もありますし、増える量も多いので救荒作物として優秀です。ただ、地力を持っていくので、きちんと手を加えてやらないと、土地が荒れますね」

「そうですか。救荒作物など旨みの無い、味気無い物ばかりですが、このように洗練された物が扱われていたのですね」

そんな会話をしている内にフライパンの中のソースも粘度が上がり、くつくつと美味しそうな音を奏でだした。さて、夕食といこうか。

第28話　ハンバーグの肉汁が溢れるのが好きです

テーブルに皿を並べるまでに暫しの時間があったが、レーディルに諭されるようにして、アルトが別れてからの話を始めたようだった。空を飛ぶ魔法なんて話が出ていたので、そういう内容なのだろうなと。丁度、王都に着いた辺りの話が繰り広げられていたタイミングで静かに皿を並べる。

「あぁぁぁぁ……。この香りです……。お肉ですけど……。なんだか、可愛らしい形ですね」

アルトが小首を傾げながら、お皿の上の楕円形に目を奪われる。

「粉々に潰したお肉を固めて焼いた物です。歯が無くても食べやすいので、子供でも安心してお肉を楽しめます」

エプロンを外し、椅子に座りながら説明する。香りに瞳をキラキラさせているアルトもそうだが、レーディルも興味深そうに皿を眺めている。

「肉を潰す……ですか。見ただけでは何の肉かは分かりませんし、何よりこのように細かく潰せるものなのですね」

「専用の器具がありますから。牛と豚を半々で合わせています」

「面白い物ですね」

そんな話をしながら、カトラリーを渡すとアルトの持ち方を見よう見まねにレーディルがハンバーグを切る。その瞬間、とぷりと流れる透明な肉汁。

「うわっ。どうしましょう。油が流れてきました!!」

アルトがオロオロとこちらを見てくるが、ソースと混ぜて塗《まぶ》して食べるように指示する。小さく口を開けてぱくりと口に含んだ瞬間、キラキラの瞳が大きく開かれ陶酔した色を浮かべる。

「ふわぁ……。ふわっふわです。それに、かかっているのも美味しいです。うわぁ、美味しい、あぁ、言葉が浮かばない……。贅沢です」

にへらというのが近い満面の笑顔で食べ進める横で、興味深そうに見守っていたレーディルも小さく一口頬張る。

「ん……ん？　ほろりと崩れる。それに肉の味が濃い……。甘みはネギのようですが、このかかっているものも甘い……。ワインの香りは感じますが複雑すぎて、何が材料かが分かりません」

スープの時とは違い呆然という表情で、ナイフとフォークを持ったまま、挽肉の塊を凝視している。

「ソースは数多の野菜や仔牛の骨などを煮出して、ワインと一緒に煮詰めています」

そう告げると、レーディルがまじまじとソースの方に視線を向ける。

「しかし、この短時間でこのように豊かな味わいが出るものですか？　それほど手間をかけられていたようには見えませんでしたが」

「そうですね。先程のスープのように保存する技術が発達しているので、魔法で持ち運びも可能です。楽しんでもらえれば幸いです」

そう告げながら、ふつりとハンバーグを真ん中で割ってみる。肉汁でソースを延ばし、切り分けたブロックを口に運ぶ。噛み締めた瞬間、カプセルがぱつりと弾けたように溢れる肉汁。その肉汁と香辛料、そしてソースが渾然一体となり、口の中を蹂躙する。濃い旨みの後に、鮮烈に走る肉の旨み。そして熱したタマネギから溢れる野菜の甘みが舌の上で踊る。その香りと味が残るままに、バゲットを割り、頬張る。練りこまれたバターと小麦の香ばしい香りが牛肉の脂の香気と豚肉の脂の甘さと馴染み、複雑な重奏を楽しませる。

「このように口どけのよい柔らかなパンは初めてです」

レーディルの言葉に私は少し疑問を感じる。

「アルトさんは特に疑問を持たずパンを食べていたようですが……」

そう告げると、夢中でフォークを操っていたアルトがきょとんとこちらを見つめる。

「小麦の香りが強かったので、小麦のパンと称しました。ただ、あんなに柔らかくてもふもふする物は初めて食べました」

レーディルに詳細を聞いてみると、週に一度まとめて焼かれる乾パンのようなカチコチのパンが庶民の主食だそうだ。城内では薪が比較的豊富に使えるのでチャパティに近いクレープ生地のようなパンを毎日焼いているようだ。

「よくパンと気付きましたね」

「香りは小麦でした。ただ、こんなに分厚くて焼けるのかと思いましたが、割るとふわふわしていましたし。甘かったので、あぁ、美味しいなと」

アルトに聞いてみると途中から支離滅裂な話になったが、美味しかったから気にしなかった、が結論らしい。

「パンの種を発酵させたりはしないのですか？　えぇと、練ってから時間をおく事は無いですか？」

「あぁ、あります。ただ、それでここまで膨らむものなのでしょうか？」

あぁ、明確に酵母を使う事は無いのか。ワインの値段を考えても、主食に混ぜられる価格でも無かった。乾物の果物などは保存食として売られていないのかな。そうなると、発酵するための種が無いという話か。

「また時間が空いたらお教えします。歯応えという意味では少し物足りないかもしれませんが、いかがでしょうか？」

「いえいえ。歯が悪いもので、このような柔らかな肉はありがたいです。しかも、考えられる限りを越えて美味しい。塩気もふんだんですし体が喜ぶ味ですね」

そう言いながら、素早く食べ進めていく。私も負けじと食べながら、和やかな夕食の時間は温かな雰囲気のまま過ぎていった。

第29話　ゆるりとした夜の語らい

ずっとアルトが見てくれていたレティがミルクを飲んで眠りに就いた。当の本人はプレイヤーの使い方を教えると、ひゅーっと言わんばかりの勢いで、もう一台の方に戻っていった。

「きちんと話をして欲しかったのですが……」

私が言うと、レーディルがやや苦笑に近く唇を歪める。

「あの年頃の子供に興味の無い事をさせようとしても無駄でしょう」

残ったレーディルがソファーで寛いでいる正面に座り、ワインのコルクをゆっくりと引き抜く。ヒュプに近い微かな音と共に抜けたコルクをいつもの癖で嗅ぎ、グラスに注ぐ。アルクールのグラスに注がれた赤い湖面は照明に反射し、複雑な輝きを帯びている。

「美しい……。この家もそうですが、何もかもが精緻で繊細で優美だ」

「ありがとうございます。一夜の夢を楽しむために作った物なので、そのように言ってもらえると嬉しく思います」

そっとグラスを差し出し、軽くグラスを傾ける。

「王の真実に」

「はは、皮肉な挨拶ですな。では、逃散の未来に」

そう告げ合って、グラスを傾ける。出した赤はティロに出した物と同じ。銘柄はベガ・シシリアの1999年のウニコ。スペインに出張に出た際に、その馥郁たる香りと、飲んだ後の余韻、そして、吐き出した息にまで香る豊かな時の積層に惚れ込んだ。

「深い……。濃いかと思えば、するりと喉に入り込む。そして、豊かに香る……。宝石のような酒ですな」

「私の好きな銘柄です。こちらの酒はまだ味わってはいないですが」

場所柄スペインワインは相性が良いだろうと思っていたが、お気に召してもらえたようだ。

「これに比べると、渋みばかりが立ってしまうでしょうな。しかし、それが酒という物と思っていました」

ははと快活に笑うレーディルに笑顔で返す。自分の地の酒が一番自分に合う。そういう物だろう。

「この国は……長いのですか？」

「いえ。元々はかなり東の生まれです。父が商売をやっていた際に、この地に来ました。ただ、父はそのまま流行り病で亡くなったので、軍に入りました」

グラスを軽く回し、香りを楽しみながら軽い口調でレーディルが語る。

「それは……失礼な事を」

「いえ。昔の話です。母も早くに亡くしましたし、兄姉も私が生まれる前には亡くなっていました。この世界、生き延びる事は中々に難しい。そんな中でここまで生き延びられてきたのです。感謝に堪えません」

口元にほのかに浮かんだ微笑みは本心だろう。

「アルトとは？」

「先王の取り立てで将となりましたが、隣国とは国力が開くばかりでした。水利が悪いというのもありますが、現王になってからは極端に貧しくなりました。それまでは癒し手は尊崇の対象でしたが、それも形骸となった。あれの母親に託されたのです。その時に、将の座は捨てました」

「地位がある故に守れる事もあるのでは？」

そう問うと、ゆっくりと頭を振る。

「軍は骨抜きにされていった。諸外国との外交は弱腰に押されるばかりだった。何故と思いましたが、あのような裏があったとは……」

「と言う事は昔から計画されていたのですね……」

そう言いながら杯を干し、ボトルから赫灼《かくしゃく》と流れる血潮を杯に封じる。同じく干したレーディルの杯にも注ぐ。

「子供の頃から猜疑心《さいぎしん》の強い子でした……。しかし、民を民と思わぬ人間に成り下がっていたとは……」

その微笑みが陰り、後悔の色が浮かぶ。

「裏の顔を悔いる必要はないでしょう。出来る事、出来ない事があります。今は後ろを振り返らず、前を向く時期です」

「アキさん……。どうか……アルトを。アルトを頼みます」

がばと顔を上げたレーディルの瞳に浮かぶ真摯な輝き。

「その思いはまたの機会に語り合いましょう。今は、お二人の命を預かると。それだけを約束させて下さい」

そう告げて、ぱちりとウィンクを返し、グラスを掲げる。レーディルは虚を突かれた顔を浮かべ、再度口元を歪ませる。

「そうですな。今はあなたしか頼る方はいませんな。老い先短い私の命までとは」

「お気になさらず。輝く未来に」

「はは。逃げるなどと言わず、輝くですか。では、その未来に」

そう告げ合い、二人で杯を干す。ボトルの紅玉がその光を絶やすまで、二人の語らいはゆるりと続いた。

第30話　朝の支度

アルトが起きている間は世話をしてくれていたが、夜中に何度か起きてレティのご飯をあげる。うまうまと飲んでは寝るの繰り返しだが、体重は確実に増えている。それに足が大きいので、体格が良くなる可能性は高いだろう。若干アルコールを残しつつ、夜明け前には完全に目を覚ます。異世界生活五日目。若干残った酒精は熱いシャワーを浴びて洗い流した。

「ふぅ……」

脱ぎ捨てたガウンを何となく畳み、新しく出した下着と貫頭衣を着つける。レーディルとアルトの分は昨日の晩、シャワーを浴びる前に渡している。こくりこくりと水を飲むと、全身の細胞に水分が行き渡るのを感じる。完全に二日酔いも抜けたところで、ミルクを温めて、レティのもとに向かう。まだ毛布に包まり眠っていたが、哺乳瓶を近付けると、無意識の内に銜《くわ》える。

『ぬくー、うまー』

ほわっと細く目を開けて、至福の表情を浮かべながら飲み干し始める。出来ればもう少し大きく成長したのが欲しかったが、躾をするには小さい頃からの方が良いのかなとは考える。こくこくと哺乳瓶を空にすると、また眠り始める。もうしばらく経つと、立ち上がって走り回り始めるだろう。その辺りはアルトに任せてしまおう。

どの程度食べるのかが分からなかったので、バターロールを数個ずつ当たるようにトースターに入れて、フライパンでベーコンを炒める。両面に脂が浮いた程度で卵を割り入れて蒸し焼きにする。蓋を閉めたところでノックが響く。声をかけると、すっきりした顔のレーディルと眠そうなアルトが入ってくる。

「昨晩は眠れましたか？」

声をかけると、レーディルを残し、アルトはぴゅーっとレティのもとに向かう。

「はい。ベッドも快適ですし、部屋の中は別世界のような暖かさでした。火も焚いていないのに驚きました」

「魔法のようなものと考えて下さい。さぁ、朝食の準備がそろそろ出来ます。おかけ下さい」

そう伝えて、じぶじぶと鳴っている蓋を外して、火力を高めて水分を飛ばす。厚めのベーコンなので外側はかりっと中まで火が通った感じに。卵はほのかに黄身が柔らかい程度に。塩と胡椒を軽く振って、サラダボウルと一緒にテーブルに並べる。

「ほぉ、立派なベーコンですね。これも？」

「魔法ですね。そろそろ冬支度の時期でしょうか」

「そうですね。新物が出始める時期です」

そんな話をしながら、エプロンを外して、椅子にかける。

「では、食べましょうか」

食事の匂いに釣られて、レティと一緒にやってきたアルトが席に着いたところで食事となる。

「ふわ。このベーコン、柔らかい……」

「ふむ。塩気もそこまで強くない。塩抜きをしたらボケた味になるが、しっかりと薫香もする。これは旨い」

ベーコンを楽しみながら、バターロールを食べ進めていくが、二人はバターの香りと柔らかさに魅了されたように数をこなしていく。小山の様に盛っていたバターロールが凄い勢いで無くなっていった。個人的に仕事柄夜間の移動が多かったので、東京駅からそのまま向かえる帝国ホテルは便利使いしていた。ガルガンチュワのバターロールはシンプルだが、飽きのこない魅力が詰まっている。はむりと頬張ると、ほの香るバターと小麦が口の中で蕩ける。塩気と合わせても甘味と合わせても主張せず、かといって存在感はきちんと感じさせる逸品だ。

「柔らかい食べ物などなかなか食べられないせいか、朝から食べ過ぎましたな……。軽さに騙されましたが、水分を含むと重い、重い」

レーディルが少し膨らんだ腹をさすりながら苦笑を浮かべる。アルトはオレンジジュースを飲み

ながらレティのミルクを聞いてきたが、もうあげたと答えるとしょんぼりしていた。

「お二人は日中、どうしますか?」

そう聞くと、二人が顔を見合わせる。

「基本は城で待機ですが、あの話の後では……」

まぁ、暗殺を示唆された上で、普通に生活なんて出来ないか。

「分かりました。私の手伝いをしてもらうという形で話はしておきます。こちらでお休み下さい。獲物もいない林ですし、人が来ることも無いでしょう。昼には食事の準備に来ます」

そう告げて、私は車の外に出る。さて、宰相との打ち合わせに向かうとしよう。

第31話　会戦の準備の始まり

宰相に面会を申し出ると、嫌そうな表情の宰相が眠そうな顔で応接の間に現れる。そして、会戦の日取りを確認したら開口一番その言葉だけである。

「七日後の予定だ」

「あまりに余裕の無い日程ではないですか？」

そう尋ねると、渋面をしかめっ面まで変化させて、醜く口を開く。

「あの小娘が呼び出しに時間をかけたのが問題であろう。呼び出された身ならば黙ってこちらの依頼に応じよ。場所はこの地図の通りだ」

居丈高に言いたい事だけを言い、薄い羊皮紙を一枚投げると、さっさと扉から出ていく宰相に、心ならずも唖然としてしまった。名目だけとはいえ、戦争をするのにこの態度では士気が下がる。裏を知っている私はともかく、周囲の人間がどう思うかだ……。もう既に、切り捨てた人間と思い込んでいるのかも知れないが、結果が出るまで隠すのが普通ではないだろうか。友軍の刃は、自らの背中にこそ存在すると考えるが……。

「御用はお済みでしょうか?」

侍従が若干申し訳なさそうな表情で声をかけてくれたタイミングで、思考が途切れる。駄目だ、あまりに予想外で非建設的な話に、表情にまで出ていたらしい。

「手数をかけました。日程が分かったなら、後は対応だけです。本日はありがとうございます」

そう告げて、城から出る。七日後と言う事は、相手の軍はもう出立しているだろう。ヘリでの偵察の時に一緒に確認出来れば良かったが、これは別途で偵察に出るしかない。『宵闇の刃』に協力を求めるにしても、訓練期間は必要となる。かなりアバウトかつ簡素な作戦になりそうだなと思いながら、酒場へと急いで歩を進めた。

「いらっしゃい……あら、お爺ちゃん」

いつものウェイトレスが声をかけてくれる。店の中は朝の喧騒が過ぎたのか、落ち着いた雰囲気になっており、客も老人が数名座っている程度だ。

「どうも。出来れば、ティロさんに連絡を付けて欲しいのですが」

そう声をかけると、カウンターの向こうのマスターが顔を上げ、首をくいっと軽く横に向ける。するとウェイトレスが何も言わずこくりと頷くと、厨房の方に入っていく。

「仕事は受けず待っているようだ。決まったのか?」

「はい。急ぎの仕事になりそうなので……」

「そうか……。寂しくなるな」

ティロも、マスターにはこの仕事の後に町を出る事を伝えていたのだろう。心持ち寂寥を感じる表情を浮かべながらマスターが作業をしているカウンターにかけ、前と同じく木の実とワインを頼む。マスターは品を出すと、後はこちらを気にする素振りも無く黙々と作業を続けている。私は宰相に渡された羊皮紙を広げる。質の悪い羊皮紙のようで、硬く、所々が曲げに耐え切れず、割れていた。公的機関が使う物品の質がここまで悪いのかと顔を上げると、壁に貼られている羊皮紙が目に入る。余程そちらの方が薄くしなやかに見える。一事が万事かと考えながら、記憶の中にある上空から見た景色と地図を照らし合わせていく。

『平地とはいえ……沼地じゃないか……』

流石に呆れて心の中で叫びそうになった。国と国の中間地点辺りで平地を探したのだろうが、記憶が確かなら水場が近く、大きな蓮のような植物が繁茂していた地帯だ。よく五千もの兵を引き連れる向こうが了承したと思うほどに、劣悪な戦場だ。通常なら文字通りの泥沼の戦いを想定しなければならないだろう。『ちず』を思い浮かべ、この周辺の人間大の生き物を検索すると、光点がびっしりと浮かぶ。距離的には向こうの拠点を出て、移動を始めた程度だろう。七日後と言う事で、等分に割って移動距離を想定してみる。この場所を知っているなら、騎兵は無いか……。叩くなら、兵站《へいたん》……出来れば糧食を全て処理出来れば、それだけで戦争が終わるか……。

目を瞑り、『ちず』を見ながら、そんな事を考えていると、ウェイトレスのお待たせしましたの声が響き、目を開く。店の入り口には笑顔のウェイトレスとぶすっとしているが無聊を慰める必要が無くなった期待もどこかに隠していそうな目元のティロが立っていた。

「爺さん、やっとか？」

「はい。話がまとまりました」

「そっか、じゃあ、上借りるわ。内緒話だ」

そう告げて、かつかつと一人先に階段を上がるティロの後姿を眺め、くすりと笑いが漏れそうになる。若い人間の血気盛んさは好ましくも眩しいものだなと。遥か昔を思い出しながら、再度羊皮紙を折り畳み、席を立った。

第32話　至福の時と突然の衝撃

前回と同じく、予備のテーブルと椅子を並べて座ると、ティロが手を出してくる。何かと思い、首を傾げると、ぷいっとそっぽを向く。

「……話をするんなら、飲み物と食い物が有っても良いんじゃないか？」

要は前の話をした時のワインと乾物が気に入ったから出して欲しいと。横顔にほのかな朱が混じっているのを蠟燭の灯りで見ていると、何だか微笑ましいものを感じてくる。籐のバッグに手を差し込み、ボトルと皿を用意する。今回はジャーキーと塩漬け野菜だけというのも寂しいので、生ハムやミックスナッツも用意している。

「おぉぉぉ……」

灯火の中、並ぶ皿に目を見張るティロをよそに、ワインを開封し、グラスに注ぐ。そっと差し出すと、はっと我に返ったようにティロが表情を調えるが、紅潮した頰は既に食べた後の快楽を想像してか、興奮を示している。

「では、これからに」

「まだ、決まった訳じゃねえけどな」

グラスを掲げ、口を湿らせる。息を吸う度に、薫りが全身に行き渡るような心持ちにさせる。ティロも陶然とした表情で口に含んだ雫を飲み込み、フォークで生ハムを指し示す。

「時期の物を用意するとか、気が利いてるな」

そう言いながらむつりと生ハムにフォークを刺して口に含んだ瞬間、目を白黒させる。それはそうだ。私も初めて口に含んだ時は大層驚いた。イベリコ豚の生ハムなんて言われ始めたのは日本ではいつ頃だっただろうか。ワインと出会ったのと同時期にもう一つの至宝にも出会った。イベリコ豚の祖とも言える、ランピーニョ種のみを用い、四年近くを熟成に費やし、気の遠くなるほどの繊細な工程を経て作り出した、薄紅の花弁。デ・ベジョータを冠し、パタ・ネグラと称される生ハム。

「なんだこれ、口に入れただけで溶ける……。うわ、勿体無い……。でも、美味い……いや、甘い？」

私も気温に晒されただけでしっとりと濡れ始めている花弁を一片摘い、口に含む。口中に触れた瞬間、弾けるように固体は液体へと変わる。チーズを思わせるような濃い熟成した肉の旨みと肉汁、そこから舌を蕩かせるような甘みと香ばしさを帯びた脂。いや、動物の脂とは思えない。これはもう、油と表現しても良いだろう。香ばしさは椎の木の香りに起因していると確信させる馥郁たる木の実独特の薫り。子供の頃、雑木林でどんぐりを拾って遊んでいた頃の郷愁が心の中で疼く。そこにそっと、ワインを流すと、得も言われぬ時が、口の中で過ぎる。薄紅と紅玉がそれぞれの個性を調和し、口の中で渾然一体となってどこまでも広がる。

「ほう……」

しっとりと濡れた瞳で、艶やかな息を吐くティロ。

「生ハムなんざ、熟成に時間がかかる。仕込み始めを見ていたら食いたくなるのは道理だが、これは別物だな」

「私のお気に入りですよ」

そう告げるが早いか、ティロが物凄い速さで口に運び始める。あぁ、勿体無いなと思いながらもこれが生きる事かと苦笑が浮かぶ。綺麗になった皿をバッグに戻し、再度美しい花をテーブルに置く。

「人が悪いな……」

「がっつくからです」

暫しの至福の時間を過ごし、ボトルが空いた頃にティロが口を開く。

「で、仕事の話だ……」

先程までとは違い、若干の酩酊で紅潮した頬にも拘わらず、その瞳は真摯で、鋭い。

「こちらを見て下さい」

宰相から預かった地図。印の付けられた地点に怪訝な表情を浮かべる。

「また、だだっ広い場所だな……。確かこの辺りは足場が悪かったが……。下手したら万の人間が……」

そこまで口遊んだところで、ティロがこちらの目を見据える。

「まさか……?」

「はい。相手は五千の兵力です」

物怖じせず、にこりと微笑み、言い切った。

第33話　五千を五十で撃退するレクチャー

「馬鹿な……。こっちは五十人程度だぞ!!　百人からの相手をさせるつもりか!!　盾にもなるかよ!!」

ティロがばたりと椅子を蹴倒し、捲したてる。それも計算の内だ。交渉は取り敢えず、ふかしから入る。到底実現不可能な条件を先に提示し、衝撃を受けて冷静な判断力を失っている間に畳みかけるのが、スマートだ。

「それは存じております」

「なら!!」

「別に、直接戦う必要はありません」

「……なん……だと?」

表情を崩さず告げると、ぐっと息を呑み、ティロがぷるぷると震えて、何かを堪える。

「まず、地図を見て下さい。五千からの兵がこう、移動してきます。となると大きな問題が発生するのが分かります」

地図を指さし、ずずっと指を動かしていく。その姿を怪訝な表情でティロが見つめる。

「何が言いたい？」

「いつもお手伝いされていますよね。軍に、人の集団に欠かせないものと言えば？」

「輜重……食料と、水だ……」

ふわっと何かに気付いたようにティロが表情を変える。

「ご名答です。今回、国よりの依頼は殲滅ではなく、撃退です。軍を退かせる条件は皆殺しではない。そこは非常に重要です。では質問です。森の中で五千からの兵の水と食料を得る事は、まず不可能です。輜重を殲滅した場合、兵は、人間はどの程度活動出来るでしょうか？」

そう告げると、一瞬荒んだ目を浮かべるティロ。

「水も食料も無ければ、人は三日もあれば……。そうだ、そうだよ。あいつらも、そうやって死んでいった……」

町の中の仲間を思い出しているのか、表情を消し、静かに呟くティロ。安静状態でも人間は水も食料も無ければ三日程度で動けなくなる。水があれば、一週間程度は何とかなるだろうが、煮沸消毒するための薪も輜重の管轄だ。

「そうですね。ただ、兵は防具もあれば、槍剣や荷物もある。もっと条件は悪くなりますね」

「だが、どうやって輜重を潰す？　手段はあるのか？」

まだ、疑惑に満ちた瞳でティロが聞いてくる。しかし、手段を聞くと言う事は乗り気になってきた事でもある。

「前にお話ししましたね。手段はこちらで用意すると」

そう告げて、今回の作戦を説明する。こちらの装備の問題もあるので、怪訝そうな表情は完全には拭えなかった。だが、実施可能そうな話だというのは理解してもらえたようだ。

「それで報酬の話だが……」

「お金に関してもそうですが、出来れば今後を考えて合わせて色々やってもらいたいです。町に溶け込んでらっしゃる方もいるでしょうし」

そう告げて、もう一点を話し始める。内容に関しては、ティロの予想を遥かに超えていたのか首を傾げていたが、取り敢えずの了承をもらう。

「そりゃ……。現物混じりの報酬というのは分からなくもないが……。上手くいくのか？」

「上手くいきます。住民にも出来れば負担をかけたくは無いですから」

そう告げると、やや逡巡していたティロの表情が決心に変わる。

「爺さん、いやアキさんだったか？　分かった、乗る」

「爺さんで結構です。呼び方は気にはしません」

そう告げて、握手を交わす。この世界でも握手という文化はあったのかと思っていると、ティロが握手した手を胸の真ん中、自らの心臓辺りにどんと叩きつける。

「爺さんの思いは、今私の思いと混じり合った。この誓いは私が生きている限り、有効だ」

あぁ、心、思いは胸から生じるという文化なのかと得心する。私も同じく、とんと胸を叩く。

「ティロさん及びお仲間には助けてもらいます。どうか上手くいくよう、お互いに頑張りましょう」

そう告げて、訓練の日程などを調整して、別れる。私は、キャンピングカーに戻り、待機していたアルトとレーディルに顚末を伝える。人員が揃った事により、実施出来る算段が付いたので、計画を述べると、レーディルが半信半疑の表情を浮かべる。

「実施出来れば、それは効果が大きいですが……」

「今回は、観戦武官が王から付けられます。撃退を報告させなければならないので、少し回り道ですが、この辺りが落としどころでしょう。殺してしまえば禍根が残って無茶をするかもしれませんが、相手も人間なので、無理でしょうね」

そう告げると、レーディルが苦笑を浮かべる。

「あなたは敵にしたくありませんな。魔法使いという力以上に、周囲を見抜くその目と考え方が怖く思います」

「ふふ。ただの老人ですよ。さぁ、今日はゆっくり休みましょう。明日からは忙しくなります」

そう告げて、食事を用意し、ゆっくりと休む。さて、訓練と実施。難しい綱渡りだが、後腐れなくするためにはしょうがない。気を引き締めて頑張ろうか。

第34話　訓練の開始とお昼の調理

「この距離が大体松明の灯りが届く距離です。そこからは身一つで運んでもらいます」

町の東の林でティロの配下との合同訓練が始まった。初回の挨拶の際には、一緒に付いてきたレーディルを見て驚いていたティロが印象的だった。レーディルが将軍職にあった際に、輜重の手伝いをしていた時に声をかけてもらったのを覚えていたらしい。軍の要職が気さくに労っているのを見て、マネジメントはかくあるべしと学んだらしい。ちなみに、レーディルはこちらの作戦には参加しない。観戦武官と一緒に戦場での待機となる。ついでに、しょんぼりと詰まらなそうなアルトもいる。

「うー。私、いても役に立ちません……。途中で止められたのが気になります。魔法使いがあのような形で毒を盛るなんて……。お姫様が死んでしまいます……。うわーん気になります」

嘆いているのは承知しているが、うら若き乙女が昼日中からアニメに没頭するというのも健康に悪い。それに治癒の仕組みは分かったので私も使えるが、訓練の際には怪我をする事なんてしょっちゅうなので、ここでアルトに活躍してもらいたい。今後、同じ釜の飯を食う間柄になるはずだ。

脅かされていたといっても上流の生活しかした事が無いアルトと、下町の中、腕だけを頼りに生きて来たティロ。この辺りで仲良くしてもらうのが今後を考えると、望ましい。仲間の傷を癒す相手に悪感情を抱く事は出来ないだろう。

「はい、そうです。厚めに警護役は配していますが、死角はあります。慌てず着実に前進して下さい。この感覚が摑めないと、作戦の成功は危ういですよ」

私はそう叫び、この後の訓練をティロに任せる。やはり、外部の私より、頭のティロに指示される方が良いだろう。粗方の説明は終わっているので、ティロも声を出しながら、怠ける人間をどつきに行っている。

私は、この間に昼の用意をと大きめのテーブルを出し、食材を並べる。その量にこちらを見ていたアルトが目を丸くするが、五十人近くの人間の食材、それも運動後の食事だ。絶対に食べ切るだろうと思いながら牛肉のブロックを適当な大きさに切り分け、筋を切り、ミートハンマーで叩く。赤身の筋が多いところの方が煮物には適しているので、下拵えは丁寧に行う。

用意したコールマンのストーブにガス缶を二つ装着し、肉を炒めてはシチュー鍋に移す。これを何度か繰り返し、牛の脂が出ている状態で、野菜を炒める。どうも肉の焼ける匂いが周囲に広がったせいか、ちらちらとこちらを見つめる視線を感じるが、まだまだと首を振ると諦めて訓練に戻っていく。

シチュー鍋の半分くらいを具材が占めたら、ストーブの上に置き、鶏ガラ出汁を出して、注ぎ込む。最初は強火で温め、ふつふつとしてきたら、弱火に戻す。ぐらぐらとならない程度の火力でゆったりじっくりと火を通していく。

鍋の様子をアルトに任せて、ピザ窯を出して炭に火を着けて余熱を加える。どうせこの人数だ、一気に焼いていった方が効率的だろうと、大きめのピザ窯にしてみたが、温もるまでに時間がかかるかなと少し後悔する。ちなみに、このピザ窯は知人がイタリアンのお店を出す際にプレゼントした物だ。郊外型の店なので、かなりの容量になっている。窯の中でまだ赤々と炎が燃え盛っているのを崩しながら、中の温度を確認する。徐々に温もっているのが分かったので、アルトのもとに戻る。真剣な表情で、くるくると言われた通りにシチュー鍋をかき混ぜているのを微笑ましく思いながら、お玉を受け取る。ざっと灰汁を掬い、お肉の塊を取り出して食べてみる。十分に中まで火は通っているので、カレールーを投入する。出来ればスパイスから調合したかったが、そこまで時間も無い。少し邪道だなと思いながら火から降ろしアルトにルーが溶けるまでかき混ぜるのを再度お願いする。ただ、粘度が出始めたルーをかき混ぜるのは結構体力がいるのか、必死な表情でかき混ぜていた。レーディルを呼んできた方が良かったかなと思いながら、フライパンでジャガイモなどの具用の野菜を炒め、熱が通ればそのまま鍋に投入していく。冷める際に味が染み込むのを期待して、蓋を閉めて放置する。

手が空いたアルトと一緒に、熱が籠ったピザ窯に冷凍のナンを差し込んでいく。扉を閉めて、一分ほどしたら取り出す。外はかりかりとして、バスケットに移す際にはくたりと中のもっちりを感じさせる。屋外の鮮烈な空気の中、盛んに湯気が立ち上るナンを次々と重ねていく。

「ふわぁ……。甘い、良い香りです……」

アルトが乙女らしからぬ仕草で思いっきり香りを楽しんでいたのは内緒だ。隙を見て、再度シチュー鍋を火にかけて、アルトにしっかり混ぜるようにお願いする。大量のナンが焼きあがる頃には、シチュー鍋も温かな湯気をくゆらせていた。

「ご飯が出来ましたよ」

周囲に広がるカレーのスパイスの香りに集中力を失っているのが見てとれるので、さっさと皆を呼ぶ事にする。さて、お昼ご飯としようか。

第35話　十分に食事を取り、訓練を行う事

「辛い!?」

取り敢えず一口とナンを頬張ったティロが目を白黒させながら叫んだ瞬間、知らない食事という事で固唾を飲んで見守っていた周囲が若干引き気味に後退る。しかし、叫んだ後も黙々と食べ続けるティロの姿に脱力して笑いかけている。

「お頭、そりゃねぇですよ」

「うっさい、無くなんぞ!!」

短い応答すら煩わしいのか、ぶつりと断ち切り、一気呵成《いっきかせい》の勢いで食べ進めるティロの姿に呑まれたように皆がナンを千切り、食べ始める。

「確かに……辛いな……」

「でも、うめぇ。癖になんな……」

ざわつく周囲も一瞬で、そこからは欠食児童の如き勢いでナンが消えていく。

「皆さん、まだありますから、落ち着いてー」

アルトが立ち上る食欲という煩悩のオーラに怯えながらも声をかけると、ぐりんっと皆の顔が向き、ひぃっという悲鳴を漏らす。

「まだ……あるのか？」

「はい……まだ、あり……ます」

ティロの問いに、引《ひ》き攣《つ》りながらもアルトが答えると、皆が破顔する。

「なんだよ、急いで損したよ。こんなに旨い物、量があると思わねえしな」

ティロが叫ぶと、皆がこくこくと必死な勢いで頷く。戻ってきた荒々しくもアットホームな雰囲気の中で、レーディルがこちらに向かってくる。

「確かに美味しいですな。肉は牛だと思いますが、筋も感じない。それに、このスープがまた香辛料がふんだんに使われている。これだけの調合ならば、かなりの値になりそうですが……」

「それも魔法です」

にこりと微笑みそう答えると、レーディルが一瞬虚を突かれたような表情を浮かべ、苦笑する。

「そうですか。いや、物もそうですが、調合も……ですな。どうにもまだまだ知識の部分での格差を理解されていないのでしょう。これは、生涯をかけて作っても追いつけない味だと、そう思います」

微笑んだレーディルが、必死にスプーンでカレーを掬うアルトの頭を撫でる。

「このような穏やかな時間を持つ事が出来るとは……」

「持つだけでは意味はありません。これからも……です」

そう伝えると、レーディルが一瞬目を見張り、優し気な表情に変わる。

「そうですな。そうお願いした身です。そうなればと願います」

そんな話をしていると、欠食児童達からお代わりの声が響き出す。わたわたと立ち上がるアルトを押さえ、私がお玉を掬う。

「このような枯れた爺さんの配膳で済まないね」

冗談じみてそう言うと、ティロが好戦的に唇を上げる。

「馬鹿言うな。金払いの件もそうだが、後の件も話はしている。これからのケツを持ってもらうんだ、皆感謝してんぞ」

ティロの声に後ろを覗くと、皆が照れながらもにこやかな良い表情を浮かべている。

「良い子……達ですね」

「あぁ、馬鹿ばっかりだが……自慢の奴らだ。裏切んなよ」

そっと呟かれた言葉に、胸を正す。今はまだ報酬の話をして、若干の援助をしているだけの身だ。

この雰囲気を作り出しているのはティロのお陰だと肝に銘じて、配膳と交流を深める。

深夜にまで続く特訓、仕事が終わった者から順次交代し、練度を上げていく。人は出来る事しか出来ない。本番の雰囲気の中で出来る事は、訓練した事だけだ。大戦の時を思い出し、誰も失わないようにと、願いを込めて、訓練を進めていく。ある程度形になったのは、戦が始まるほんの三日前。移動を始めなければならない日の早朝だった。

「さぁ、本番だね……」

軍時代に支給されたテントの中で眠りにつく皆を見渡しながら、独り言ちる。死なない訓練はした。後は結果だけだ。

「終わりの始まりってやつを実行しようか」

そう呟き、コンロに火を入れた。

第36話　闇の中に解き放たれた獣

「あまりに早いのではないか？　この人数なら一日半もあれば、現場には着くだろう」

馬車に乗った観戦武官が大声で叫ぶのをレーディルが抑えているのが見える。

「あれ、いるのか？　士気が下がるぞ？」

ティロがこそりと呟くのに、そっと返す。

「敵軍が逃亡する姿を報告してもらう必要があります。きちんとした人間が報告しないと誰も信じないでしょう」

「確かにな……この姿を見ればな……」

そう告げるティロもそうだが、全員が軽装に最低限の小剣や弓を持っているだけで、後は荷車に積まれた壺しか見えない。初めてこの状況を見た観戦武官は壺の中身も確認せずに切れたので、詳細は説明せずに安全圏に退避しておいてもらうという話になった。

「しかし、良いのでしょうか。そもそもこの中身は……」

話が決着したのか馬車から降りて来たレーディルが壺を指さしながら言う。

「今の道具でも作る事が出来る物です。怪しまれる事も無いでしょう。それに本番は夜です。我々が離れた後はお願い出来ますか？」

「はい。夜襲での解決を計画しているとは伝えました。しかし、信用は……」

まぁ、百にも満たない人数で五千に夜襲をかけても、鎧袖一触で潰されて終わりだろう。私でもそう判断する。

「その思いを覆せれば……報告にも真実味が生まれそうですね」

私がそう告げると、レーディルとティロが顔を見合わせ、大声で笑い始める。

「そうですね」

「違いねえ、しっかし、こんな策とはな」

壺をぱしぱしと叩きながら、ティロが唇をくいっと引き上げる。

「まぁ見てろ。きちんと足の代わりは務める」

ティロが呟いた瞬間、前方から声が上がる。本日の野営地点に到着したらしい。天幕を張るのは、観戦武官とレーディル達に任せる。アルトと観戦武官と一緒に付いてきた御付きの人間は食事の用意を始めている。

「では、武運を神に祈ります」

レーディルの言葉にそっと手を挙げて応える。辺りは夕陽の灯りで赤く染まり始めている。ふと、目を凝らすと、訓練の日々を経た皆が笑うさまは獰猛で、まるで血で血を洗った獣を錯覚させるようだった。

「しっかし、ただの何でも屋が、変わったな……」

にやにやとティロが口を開くのに合わせて、私も口を挟む。

「訓練を経れば自信も生まれます。それが無ければ、戦地で待つのは骸を晒《さら》す未来だけです」

ふわっと浮かんだ、死屍累々のビジョン。あの時、どれだけの人間が訓練を自信に換えて戦地に赴けたのか……。そんな思いを頭を振ってねじ殺す。

「違いないか。おい、お前ら!! 出番だぞ!!」

その言葉に、おうと答えた皆で戦列を組み、荷馬車を引き始める。馬は途中で置く。ある程度観戦武官から離れれば、ドローンでの偵察も可能だ。今は、とにかく距離を稼ぐ。

「では、行ってきます」

誰からともなく呟き、戦列は前に進む。一時間程進み、辺りが宵闇に沈んだ頃に、小休止を挟む。その際、個々人に装置を配っていく。

「しっかし、夜も見える道具たぁ。便利だね」

ＡＴＮ ＰＶＳ14。サバイバルゲームの時に社員が持ち込んだデジタルナイトビジョンには驚いた。灯りの無い空間でも赤外線と増幅器の取り込んだ情報をデジタル処理して映し出す画像には寒気すら感じた。こんなものが通信販売で買えるんだから、世の中は怖いなと呆れはしたが、この世界では大きな力だ。

「人は闇を駆逐したがるものですよ。皆さん、少し下がって下さい」

そう告げて、ドローンを紙飛行機のように飛ばす。これもサバイバルゲーム用に購入したが、音でばれると言う事で早々に封印された物だ。手元のタブレットに送られてくる映像を元に、飛行させていると、五キロ程の距離に野営をしている集団を発見した。

「これ……ですね」

「何度も見ているが、未だに信じられないな……。これが鳥の目か」

訓練の際に何度も聞いたティロの軽口を流して、戦列の後方へ向かって操作をする。

「あぁ、あった。この辺りの天幕に集積しているのが、食料や水、予備の装備でしょう」

暗闇の中、ぼおっと浮かび上がるタブレットの映像に皆が、獲物を前にした狼のような飢えた笑みを浮かべる。

「林の中ですし……歩哨も最低限ですね。兵よりも先に食料を狙うとは思ってもみないんですね……」

「あの人数なら、守れるって過信しているんだろうよ」

ティロの言葉に、皆が頷く。どうもこの世界、食料は財産というイメージが強すぎて、火計とかの発想が全くない。勝てば奪える物らしい。輜重隊に関しても、警護に関しても杜撰《ずさん》だ。そもそも最低限の食料しか用意しないし、飢えても上層部は知らぬ顔らしい。レーディルでも、潤沢な補給線を用意しようとして王とやりあったのは数えきれないというから、下の兵士にしてみれば大変だろう。

「これだけの食料を再度用意するのは無理だという認識で良いでしょうか？」

ここに至って最終確認を行う。

「レーディル様が仰っていた通り、五千からの食料だ。あっちも余裕がある訳じゃない。帰り道分も含めての量ってのは見ても分かる。これさえ無くなれば……」

ティロの言葉に、力強く皆が頷く。

「では、皆さん集まって下さい」

ドローンを戻す間に集合してもらう。

「現在地がここです。私達は沼地を避けて大回りにこう進みます。そうすれば、敵軍の後方に当たります。丁度糧秣《りょうまつ》の集積地ですね」

首を上げて、壺の方を眺める。

「そこで、荷物をばら撒き、逃げる。簡単なお仕事です。訓練通りやれば、死人も出ないでしょう」

そう告げると、笑いがそこここで起こる。

「それまでは、重いかと思いますが、どうぞよろしくお願いします」

流石に壺を用意せずに作戦を説明するのは無理だったので、用意した。これを消して、現場で再度出すというのも手ではあるが、そこまでやってしまうと、どこまでも便利屋扱いされそうなので諦めた。期待に満ちた目が、常闇の林、人の気配を感じてひっそりと沈む昏い混沌の中で爛々と輝く。

「さぁ、始めましょう。五十が五千を凌駕する戦争という物を」

そう告げた瞬間、皆が歴戦の勇士の如く、壺を抱え、美しい隊列を組む。

「行くぞ、てめえら!!」

ティロの叫びと同時に、戦列は生き物のようにしなやかで、美しい疾走を始めた。

第37話　やり過ぎない程度の致命的な打撃

途中小休止を挟みながら、一気に大きく弧を描くように戦場を走り抜ける。私はティロ達に背負ってもらいながら、後方につける。

「いや、申し訳ない」

「構わん、しゃべるな。舌噛むぞ!!　しっかし、爺さん軽いな……」

ティロの軽口に付き合いながら、ほのかな灯りが遠くに見える場所まで接近する。脱落者の確認をティロ達に任せて、弓手を所定の位置に着けていく。並行して、双眼鏡で現場を確認するが……。

「どうだい?」

「映像通り、殆ど歩哨もいないですね。陰になっている部分は分かりませんが、正面だけでしょう……。後方を攻められるとは想像もしていないないですね」

そう告げながら、双眼鏡をティロに渡す。

「時間的にはもう、就寝時間だろうしな。見張りも敵を警戒するというより、不心得者がつまみ食いに来ないようにしているって感じだな」

　光源も松明が二カ所程度の心細いものだ。

「見つからずに、実行出来ますか？」

　何が、とは問わない。

「その手の仕事に慣れたのはいるよ。不本意だけど、そういう仕事の仲介もあるんでな。殺しはしねえが、手引きまでは……な」

　ティロが告げると、後方で黒い服に身を包んだ男女が四名程で立ち上がる。

「では、手筈通りに」

　私がそう告げると、ティロが無言でハンドサインを後方に送る。すると、ヘッドギアを付けた四十名弱がさぁっと音も無く走り去っていく。基本的な戦術は簡単だ。見張りを排除し、光源を制圧、壺を集積所で割って火を点けて逃げる。火元は光源を使えば良い。そう思いながら双眼鏡を覗くと、先程の四名が早速集積地の方に駆けていく。見張りを排してからが侵入の時間だ。実行部隊は道沿いに埋伏している。こちらから見える見張りは気配の変化に気付いていないのか、変わらぬ様子で突っ立っていたが、黒い影が近付き、背後に迫った瞬間、飛沫を上げて崩れ落ちる。何呼吸か置いて、ティロらしき人影が手を振ると、一斉に実行部隊が広がり、集積地の天幕に向けて壺を投げつけていく。流石にここまでは音が届かないが、それなりに騒がしかったのか、奥の方で光が灯り始める。しかしその頃にはティロ達が手分けして火を点けて逃げ戻り始めている。乾燥した糧秣は壺の中に入った灯油と相まって、あっという間に燃え広がり始めている。第一段階は成功と。

ティロが取りまとめて逃げているが、騎兵が数騎追いかけて来ているのが見える。これも予想通り。林に入った辺りで紐を張った仲間達が馬を転ばせて、騎手を弓で殺して帰って来ている。それを見届けて、私もじりじりと後退する事にした。

「はぁはぁ……。やったぞ、やりきった」

真っ暗闇の中、ティロの満足そうな叫びに、ほうっと熱い溜息が広がる。寒空の下ゆらゆらと汗の蒸気が揺らめいているのを肌で感じる。

「糧秣の方はどうです？」

「あぁ。輜重の馬車も一緒に格納していたからな。少なくとも、食い物に火が点いたのは確認してきた。水も開けて壺の中身をばら撒いたから、飲めねえだろう。あの水、臭いからな」

興奮気味のティロが報告すると、皆がくくと押し殺したように笑う。

「水の方もですか。助かります」

「薪も一緒に置いてあったからな。よく燃えるだろうよ」

ティロの言う通り、遥か彼方を双眼鏡で覗くと、赤々とした火柱が上がっているのが見える。あそこまで火勢がついたら少々の水では消し止められないだろう。

「しかし、全部ではないですよね？」

「そりゃ、今日や明日の分程度は配っているだろうけど、そこまでは追いきれないって話だっただろう？」

　ティロの言葉に安堵を覚える。

「いえ。追い込み過ぎると自棄《やけ》を起こすので。そのくらいで良いです」

　そう告げて、本拠地に向かう。後は明日の準備をすれば良いかと、これからの動きを改めてティロ達と練りながら進み始めた。

第38話　襲撃の後の夕食と明日の用意

「あの、どうでした!?」

野営地に戻ると、息せき切って駆け寄ってきたアルトの心配顔に出迎えられる。頭の上にはうでーっと伸びてしまったレティが必死で掴まっている。

「成功ですよ。安心して下さい」

そう伝えると、腰が抜けたのかへなへなとアルトが崩れ落ちる。その姿を見て、ティロ達から微笑ましい笑い声が上がる。その様子を見ていたのか、レーディルがにこやかに近付いてくる。

「成功なさったのですね」

「はい。観戦武官の方は？」

「お預かりしていたワインを飲んだ後は、天幕でぐっすりです」

ワインには催眠誘導剤が入っている。酔いと一緒に回ればぐっすりだろう。

「野営の準備の方はどうですか？」

それはとレーディルが振り返ると、ティーダイエル達レーディルの御付きがこくりと頷く。彼等も軍の経験があり、天幕の設営などもお手の物だ。

「では、食事の方ですが……」

「すみません。この人数ですので、天幕の用意で手一杯でそこまでは手配しきれておりません」

ティーダイエルの言葉に後ろのティロ達が残念そうにえーっと叫ぶが、そっと私が手を挙げる。

「大丈夫ですよ。すぐに用意します。アルトさん、手伝ってもらって良いですか？」

きりっとした表情になったアルトが元気よく返事をするのは良いのだが、頭の上のレティを忘れているのか、振り回されて物凄く迷惑そうだ。

「先にレティを天幕に返して下さい。その後に、厨房用の天幕に」

そう告げて、ティーダイエル達にテーブルの準備をお願いする。天幕に入った私はさっさとガスコンロを出し、大きなアルマイトの薬缶にお湯を生み出す。注いでいる間にも冷えそうなので、コンロにかけておく。それと並行してお弁当屋さんの弁当を取り出し始める。流石に人数が人数だし、作っていては夜が明けかねない。関東で仕事をする時は社員の子に良く買ってきてもらっていた。お惣菜が自分で好きな量買えるのがありがたいお店だ。皆の好みを考えて、唐揚げ弁当にエビとブロッコリーと卵のマヨネーズサラダを別でチョイスする。

「えと……うわぁ……。凄いですね……」

アルトが天幕に入ってくると、既に中は弁当の山になっている。

「アルトさん、このカップにお湯を注いでいくので、混ぜてもらえますか？」

「あ、スープですね。分かりました!!」

そう告げるアルトの横で、どんどんとスープを生産していく。出来上がったものはティーダイエル達に運んでもらう。最後にまだ食べていないレーディルとティーダイエル達の分を用意して、テーブルの椅子にかける。野営地だけあって、この辺りは沼沢地でも孤島のように陸地になっているので、今晩一晩程度は問題無い。秋風から冬風に変わりそうな寒風の中、まだ初めに配った弁当から湯気が上がっているのに笑みが零れてしまう。

「では、食べましょうか」

私が声をかけると、皆が一斉にフォークを伸ばし始める。

「うわ、この丸いのうめぇ……」

「鶏だろ、これ。やわらけえし、水気が多いぞ」

「この時期に緑の野菜が食えるなんて……」

「母ちゃんに食わしてえ……」

なんだか涙声みたいなのが混じっているのは気になるが、アルトやレーディル達も美味しそうに食べている。

「このつぶつぶの物は大麦かと思ったのですが、違うんですね……」

周囲は篝火の灯り程度なので、なんとか視界が通る程度の明るさだ。米と判別するのも一苦労だろう。アルトが不思議そうに呟く。

「お嫌いですか？」

「いえ、甘いですし、香りも無くて食べやすいです。この鶏の揚げ物にもよく合います」

子供らしい微笑みを浮かべてぱくつくアルトを眺めながら、レーディルも和やかな表情を浮かべる。

「このような野営で温かい物を食べられるのは本当にありがたいですな……。それにこの主食……。味もさることながら、茹でるだけというのであれば加工も手軽ですな」

味で判断したのか、レーディルが呟く。

「茹でるというより茹で蒸す感じですね。もう少し経ったら詳細はお教えします」

「と言うと……」

「まぁ、皆さんにも関係がある事ですしね。新天地が見つかりました」

私がそう告げると、聞き耳を立てていたティロ達も色めき立つ。

「それは、どこだよ!!」

「まぁ、それは後のお楽しみと言う事で。食事が終わったら、明日の準備ですよ？」

そう告げて、はくりと唐揚げを頬張った。

第39話　音は時として圧力にもなりえます

「おはようございます。日柄も良く、会戦日和ですね」

颯爽《さつそう》と差し出した手を、何か異物を見るような目でまじまじと見つめている正面の将軍らしき若者。襲撃の晩、夕食が終わった後は皆で本日の準備を済ませ、残りの時間をゆっくりと休息に費やした。今は会戦当日。戦争の前の挨拶と言う事で、中心地に両国の代表として将が集まり面会を行っている。

「そうですね。勝った後は同じ国民。礼節を持っての対応も必要ですね」

苦笑を浮かべこちらの手を握る将軍。その顔色は悪く、目の下にはありありと隈が浮かんでいる。昨日一日は後始末に追われ、碌に食事も摂れていないのだろう。遠くに見える兵達も肩を落とし、戦争が始まる前から敗残兵のような有様だ。これで厭戦気分も頂点に達したと思えば、夜襲の効果は十分に成果を上げている。糧食の再配分で指導層の業務を超過させ、こちらの動きに対応させる余裕を持たせないというミッションも達成出来た。相手の将軍も襲撃の件を持ち出さないと言う事は弱みを隠せる、またはそれを織り込んで戦えるだけの判断が出来る相手なのだろう。あまりに愚かな相手では策が無駄になる可能性もあったが、この将軍、この兵を相手にするのなら、問題は無いだろう。

にこやかに握手を交わした後はそれぞれの陣地に戻る。後は両国から選出した合図の者の、鐘の音が響けば会戦だ。

所々に木々や藪が茂る沼沢地。足元は最悪だ。この中をこれから運動する皆には悪いが、ここが正念場。なるべく犠牲者の少ない戦争の為には、この一手しか無いだろう。そんな事を考えていると、早朝の朝靄が濃く漂う晩秋の風に乗り、澄んだ音が響き渡る。会戦だ。

そう認識した瞬間、前方から五千の兵の轟くような叫びが響き始める。私はそっと手元のリモコンの再生ボタンを押下する。ダイヤルを回すにつれ、戦場に響き始める法螺貝の音。異音に前方の兵達の叫びが訝しむように収まる中、弾けんばかりの勢いで発せられる鬨《とき》の声が戦場に響き渡る。沼沢地全体を揺るがさんばかりの爆音は相手の士気を圧倒したのか、美しい横陣の先頭が剣を取り落とし口を呆然と開けているのが朝靄の中、双眼鏡の先に微かに映っている。

「ふむ。まずは一手。成功ですね」

そっと呟き、ダイヤルを更に回していく。鼓膜をつんざくような鬨の声と甲冑の擦れる音は物理的な衝撃を以て、戦場を揺るがす。そこここで鳥達が驚きで飛び出し、相手側はその度に驚きの悲鳴を上げているのが分かる。大音声の中、ひときわ目立つ笛のような音。鏑矢《かぶらや》が空を切り裂く音色が響き渡った瞬間、戦況は大きく変化した。

木々の下で藪を背負い掩蔽《えんぺい》して埋伏していたティロ達が固まり、討って出たのだ。徐々に歩み寄る私の視界にもはっきりと映り始める。両翼の端を攻撃された横陣が伝令により、一気にその形を失い混乱の極致へと陥っている様が。

「こーげきー、こーげきー!! 右陣せってーき!!」

鎧袖一触と考えたのか、伝令も含んで分厚い皮革の鎧兜に身を包んだ伝令が必死で沼地に足を取られる中、ティロ達は碌な抵抗も受けず、中央に向けて先頭の兵を食い千切っているようだ。相手の士気はこの鬨の声でどん底まで落ちている。その上、伝令は動脈硬化を起こした血管のようにそこかしこで詰まり情報が流れない。たった五十程度とは言え、正面の敵と接敵する限りは一対一だ。幾ら装備が良いといっても身軽さを信条にしたティロ達が運動戦に徹する限り機敏に追う事も出来ない。指示も碌に出せない状況では多数で囲む事も難しいだろう。そもそも鬨の声はまだまだ轟々と響き渡っている。その場から動けるような豪胆な兵士がいるとも思えない。

「先鋒隊と思われる敵と接敵!! これより本体の突入と考えられる!!」

近付けば近づくほど、音声は高らかに響き渡る。人とは思えぬほどの高まりの中、がちがちと歯の根も合わぬ程に恐慌状態に陥った兵が一人、遂に悲鳴を上げながら後退り、力の限り逃走を始める。そこからは櫛の歯が抜け落ちるようにばらばらと次々に逃走者が雪崩を打ち始める。

「それを……待っていました」

もう相手の陣の目と鼻の先まで辿り着いていた私は、そっと右手を高らかに上げ、ぱちりと指を鳴らす。その瞬間、炎が全天を覆う。徐々に落下してくる火勢に気付いた兵達は一瞬唖然と空を見上げ、その次の瞬間、踵を返す。

「にげろー!!」

ティロ達が叫ぶと、泡を食って残っていた兵達も我先にと逃げ出す。奥側に微かに見える本陣らしき天幕は踏み潰されて行くのが見て取れる。

「勝ったな、爺さん」

先程まで戦っていたとは思えない程あっけらかんとしたティロが剣を拭い、話しかけてくる。私は微笑みを返し、空の炎を消す。自陣の奥側に新たに炎を一瞬出すと、暫くして鬨の声は勝利の掛け声に変わる。エイエイオー、エイエイオー。意味は通じなくても、それが何を表すかは、誰もが理解出来るだろう。

「勝利、ですね」

私が呟くと、欠ける事の無かったティロの仲間達が一斉に喜びを爆発させた。

第40話　疑心暗鬼を味方にしただけです

「こうなると分かっていたんですか？」

　自陣近くまで後退していると、途中で音響機材に囲まれたアルトが出迎えてくれる。頭の上では周囲からの大音声に驚いたのかプルプル震えているレティが必死にしがみ付いてきゃふきゃふ吼えている。

「いや。大まかな予想はしていましたが、最後まで見通していた訳では無いです」

　にこやかに答えて、機材を戻していく。流れとしては単純だ。昨日一日を使って、各所に野外フェスで使うような大型スピーカーを設置し大河ドラマの合戦シーンの音声を大音量で流したというだけだ。あの手の映像だと騎馬の音が混じるので、足軽だけの映像を思い出すのに少し苦労した。趣味の録画も役に立ったのだから良かったと思おう。

「士気が下がった状態なら、的確な判断は難しいです。昨日一日で食料の分配をした事によって、残された日数は把握出来たでしょう。取り合いなどの疑心暗鬼なども考えれば、こちらを相手にしている余裕は無いと考えました。その相手に大勢の敵が参加しているような幻想を抱かせただけですね」

そう答えると、ティロが不思議そうに呟く。

「あの声の正体は分かった。一日中重い荷物を運ばされた理由にも納得はいった。でも、実際に戦う必要はあったのか？　相手さん、皆腰が引けてたぞ？」

その問いに頷きを返す。

「はい。必要でした。いかに正体不明の幻想でも、実体を伴わなければただの虚像です。徐々に近づくような効果音と実際に先鋒が接敵する事。音声に実体が生じる事により、相手の不安がより増すと考えて下さい」

「つってもよ、あれだけの炎、そのまま落とせば勝てただろ？　私等いらねぇし」

「そうなれば、虐殺です。炙《あぶ》る程度に済ませたとしても、戦後、実際に行ったであろう犯人捜しは熾烈を極めるでしょう。兵達の言い訳としては、正体不明の魔法使いに負けましたではなく、多数の兵を相手に劣勢が予想されるので逃亡しましたの方が通りも良いでしょうし、私達が逃散するまでの時間が稼げます。向こうも実勢の調査を行うでしょうし」

「逃げる……。やっぱり逃げるのか……。五千相手に凱旋って訳にはいかねぇのか？」

少しだけ寂しく、辛そうな表情でティロが呟くのに頭を振る。

「残ったとしても責任者が敵の時点で状況は詰んでいます。また、今回の失態の挽回として敵国側も苛烈な対応を迫ってくるでしょう。そんな渦中で生きるつもりはありません」

「分かった、分かった。んじゃ、町の人の件も良いんだな？」

一転表情を明るいものに変えたティロが声を上げる。

「はい。土地は余るでしょうし。どうぞ、望む方は連れて頂いて結構です」

そう答えると、ししししと含み笑いをしながらティロが仲間達の方に戻る。私はアルトを連れて自陣の方に向かう……が、「ちず」の光点の赤を確認し、嘆息を漏らしてしまう。

「どうかされましたか？」

アルトの問いに曖昧な微笑みを返し、天幕の外で待っていたレーディルに目配せを送る。それに応えたティーダイエル達が剣の柄に手をかけて近づいてくる。

天幕の外で帰還を伝えると、観戦武官達が赤ら顔でふらふらと出てくる。もしもの場合を考えて、食事と一緒に酒を出すようにお願いしていたが……。素直に飲むと思っていなかった。

「戦況は？　騒がしかったが、バーシェンの将は来られたか？」

深酒が過ぎているのか、内応を隠す様子も無いのが残念だ。

「勝利です。バーシェン側の兵は散り散りに後退中です。追撃は兵数が足りないため断念しました」

そう短く返すと、ぽかんといった表情を皆が浮かべる。

「五千からの兵だろ？　手勢は五十程度と聞いたが？」

「はい。その通りです」

頷き答えると、回っていなかった頭が回り始めたのか、血の気が引いた白い顔から青い顔に。そこから赤い顔に変化していく。腰の剣に手をかけたタイミングで、ティーダイエル達が剣を抜き、間に入る。

「何をお考えですか!?」

ティーダイエル達が叫ぶと、剣を向けられた観戦武官達が目を白黒させる。

「そちらこそどういうつもりだ。この戦争の終結の際にはこの爺を殺せというのが陛下のご命令ぞ。邪魔をするな!!」

「戦を勝利に導いた恩人に対して、やるべき事ですか!!」

ティーダイエル達が問答しているのを手で抑え、私は観戦武官に問いかける。

「どうでしょう。私も魔法がありますので、むざむざと遅れを取るつもりはありません。ここは一旦剣を収められて、陛下に奏上するというのは。現地での行き違いがあってやむなく諦めたとお伝えすれば責任を転嫁する事も出来るでしょう」

そう伝えると、火の出そうな眼差しでティーダイエル達を見つめていた観戦武官も剣を収め、不服そうに鼻を鳴らした後に、用意が出来れば帰ると伝えてきた。自業自得とはいえ、獅子身中のティーダイエル達に頼る訳にもいかず、行きとは違い自分達の荷物を周囲を警戒しながら自分達で片付け始める観戦武官達が滑稽で哀れに思える。

「さぁ、次の戦いに向かいますか」

レーディルにそっと耳打ちして、私も帰還の準備を始めた。

第41話　ノーと言える日本人

「敗走したと？　五千の兵がか？」

眉根に皺を寄せて黙り込む王とは対照的に慌てた様子で宰相が泡を食って叫ぶ。ここはタルリタの王城。王座の前には、観戦武官、ティーダイエル達そして私が並ぶ。アルトやレーディルの姿は無い。

「はっ。その通りです」

観戦武官が汗を垂らしながら敗戦の将のように言葉を絞り出す。周囲で明るい顔で浮かれている重鎮達と比べると同じ国の勝利を喜ぶ者として対照が際立っている。

目を忙しく左右に振っていた宰相はこちらに目を合わすと、苦虫を嚙み潰したように私に問うてくる。

「どのような魔法を使ったのだ？」

「前回訪問したように、敵の直上に炎を出しましたところ、逃げ散りました」

にこやかに返答をすると、ティーダイエルが言を継ぐ。

「指示により現場を確認しておりましたが、靄の隙間より大きな炎が上がるのが見えた後に敵兵達が退くのが見えました。現場の確認は済んでおりますが、残余の兵は微塵も残っておりません」

食料の残りを考えると、あの場所に兵を残すのも難しかったのだろう。五千の兵は完全にバーシェン側に退却した。

「そのように弱兵であったのか……」

王の呟きに、重鎮達は勝利の嘲りを、私達には当てが外れたのだろう事を感じさせる。ただ命を狙われていた事もあり、観戦武官が把握していない事は報告していない。勿論夜襲の件もだ。

周囲が戦勝に浮かれる中、青い顔の宰相と無表情な王が小声で何事かを相談すると、宰相が声を上げる。

「相分かった。して、そちには今後このタルリタを守護する任を与える」

裏側が暴かれていないと思ってか、面の皮の厚い事を言い始める。大方、バーシェンとの契約違反に伴う責をこちらに肩代わりさせるのと一緒に、もし万が一の場合には防衛能力として使い潰すつもりなのだろう……。ただ、宰相の表情を見ていると欲望が透けて見えるので、他国への侵略まで含めて皮算用している可能性もある。

「いえ、必要無いです。元々ここに呼び出された条件はこの戦のための筈です。今後の動向に関しては埒外の話です」

言い切った瞬間、王座の間に静寂が広がる。重鎮達を始め、宰相、王までもが唖然とした表情を浮かべている。元々、今回の戦場に出る際に、契約を結んだが、殺すつもりだったためか、ざるのような文書だった。勿論、身の自由は最優先で明記させたし、王命によるものと契約は王との直接契約になっている。

「そもそもの契約が果たされた今、この場に戻る必要も無かったのですが、報告のためと思い立っております。その辺りを斟酌してもらえればと思います」

そこからはあれやこれや引き留めのための条件が提示されるが、どれも心に響く事は無い。そもそもバーシェンと内通している主の提示する条件など、砂上の楼閣の主の言葉だ。実施されるかも分からない内容に何かを感じる事の方が難しい。若返りの宝玉の価値なども再度議論に引き出されたが、五千の兵を後退させ王都を防衛する対価として処理するというのも契約に明記済みだ。

「では、出ていくと？」

「はい。後顧の憂いと成り兼ねないと考えますので。褒美を貰い、国を出ます」

狡兎死して走狗烹《に》らるだ。この場に長くいればいるほど、命の危険、あるいは無用に人殺しをしなければならなくなりそうな事に嫌気がさしてくる。

褒美を貰い、ティーダイエル達と王座の間を後にして、そのまま町の方に向かおうとする。

「アキ様、部屋に戻っての休憩などはよろしいのですか？」

不思議そうにティーダイエルが聞いてくる。

「特に荷物もありませんので。ティーダイエルさん達も用意は終わっていますよね？」

「我々は元々荷物も家族もありませんので」

皆がこくりと頷くのに微笑みで返す。どちらにせよ応接の間は『ちず』で確認する限り、兵で埋まっている。これ以上いらない殺生もしたくない。

「それにこんな国ですしね。見ても良いですよ」

はいっとティーダイエルに褒美の袋を渡す。ティーダイエルが袋をひっくり返すと出てくるのは、小石の山だ。振らなくても、音と重さで分かる。

「では、新天地に向かいますか」

異様な程に静かな町を抜けて町の外に用意してもらっていた馬車に乗り込む。

「爺さん、今から出るのか？」

見覚えの有る警護の兵が声をかけてくる。

「ええ。所用も終わりましたので、町を出ようかと思います」

「そうか……。良い旅をな」

末端まで情報が届かない組織は虚しいなと、にこやかに別れの挨拶をしながら、心の中で吐露した。

第42話　一路ローマへ

「あぁ、アキさん達だ!!　アキさーん!!」

　タルトとディンの世話をしていたアルトが元気良く手を振って出迎えてくれる。頭の上のレティがずり落とされまいと必死でしがみ付いているのが分かる。こちらも手を振り返すと、騒ぎを聞きつけたティロやレーディル達も天幕から出てくる。

「ただいま到着しました」

　中央でキャンプファイヤーのような焚火が燃やされる中、天幕の群れに馬車を進め、一際大きな天幕の前で止まる。

「しかし、壮観ですね……。これでどのくらいの人が集まっているのですか?」

　私が問うとティロが得意げに指を二本立てる。

「周りの村にも声をかけながら進んできたから、二千ちょっとだね」

　王都『タルリタ』が北限にあるため、基本的に南部にしか村は存在しない。駐留している兵もいないため、ごっそりと住人を引き抜いてきたようだ。

「町を出る時にあまりに静かだったのですが……もしかして……」

「タルリタかい？　あぁ、爺さんが戻ってくる時には殆どいなかったんじゃないか？　十日程度の荷物しかいらないって話だったし、天幕だけ持たせて夜間に移動させたよ」

それでも、ただの町の住人を馬車で四日の場所まで誘導するのは、並大抵の苦労ではないはずだ。別動隊で動いてもらっていたレーディルのお陰なのだろう。

「では、町に残っているのは兵のみですか？」

「それにその家族ってところだね。ばれちゃまずいだろうし、その辺りには声はかけなかった。まぁ、うちのを残しているから何かあったら一緒に脱出出来るだろうよ。その時は連れてってやってくれよ」

当初はレーディル達とティロの仲間の家族辺りまでを新天地に移送する事を計画していたが、ティロの頼みと言う事でタルリタ国内で賛同する人間を大脱走させるという流れになった。村々の長もあくまで国王に任命された税を納める権限を持った一般人と言う事で特段忠誠を誓っていると言う訳では無いそうだ。男手を兵として取られている家族も中には紛れているようだが、極力今後回収するという話をすると、一緒に付いてきたらしい。兵達の家族であったとしても困窮しているのが現状のようだ。

しかし、全体を考えると人間の数が少なすぎる。レーディルに聞くと、総数ははっきりとしないが国全体で見ても五千を超えるかどうかという数らしい。

「で、ここからの動きですが、どうなさいますか？」

天幕に入り、座って息を吐くと同時に、レーディルが口を開く。

「それぞれが持ち寄った食料と水を再配分しましたが、良くて後三日程で無くなります」

真剣なレーディルの眼差しに、こくりと頷きを返す。

「そろそろですよ」

私が口を開いた瞬間、汽笛の低い音が周囲に鳴り響く。

「来ましたね」

私が颯爽と立ち上がると、皆が後ろに付いてくる。天幕から出て、海の方を見つめていると、徐々に懐かしい巨影が陸に近づいてくる。

「あれに皆さんで乗ってもらいます」

暫く見つめていると、その姿がはっきりと見え始める。特徴的な甲板。あの日、中国から日本に戻る際に安堵の息を漏らした懐かしい場所。空母葛城《かつらぎ》。いや、私が認識している名前では復員輸送艦葛城か。

「さぁ、これから忙しくなりますよ!!」

私の言葉に、巨大な船に唖然としていた面々が我に返ったように動き出す。

あの日バーシェンの兵を退けた夜、授かった能力を確認している時に見慣れない項目が増えているのに気づいた。『じゅうしゃ』。マニュアルを確認すると、いつの間にか一ページが余分に増えていた。皆が寝静まった夜にキャンピングカーから出て、コマンドを実施した時に現れたのは、人種不明な女性と男性が一人ずつ。

「初めまして、マスター」

「君は？」

「シリアル九八〇二二四と申します」

「シリアル九八〇二二五と申します」

主体的に話し始めた女性と話をしてみると、私が死んで二百年後には、量子コンピュータの最小化が突き進み、仮想人格は人間の挙動をトレースしうる段階まで進んだようだ。あらゆる機材、機械のオペレートを可能にした汎用人型オペレータが誕生したのが二百五十年後辺り。つっちゃんは、そのオペレータを従者として使える能力を与えてくれたらしい。私が認識していても、実際に使えない機材は多くある。それを使えるようにと考えてくれたのだろう。

「過去の人間を相手にすると言う矛盾は解消出来るのかな？　それに貴方が生きてきた場所とも時間とも違うと言う事を」

「はい。ここに独立しておりますし、曖昧や矛盾はスタック外へ追放する事が可能です。星の観察を行いましたが、現在は西暦マイナス一〇五三の十月二十三日、場所はスペイン中南部と推測されます」

女性が話し終えると、男性が口を開く。

「我々は量子間通信により、相互に情報のやり取りが可能です。また、インプットされた情報を元に、推測、実施により新たなオペレートを組み上げる事も可能です」

基本的に機器のオペレーションに特化しており、ロボット三原則ではないが人間や他のオペレータに対して故意に危害を加える事は出来ないらしい。ただ、操縦等には問題無いようなので、計画を大幅に変更可能だ。元々は周りの人間だけを新天地に向けて、ヘリでピストンに輸送する事を考えていたが、他の乗り物を使える人間がいるなら、そもそもが変わる。

「自己矛盾が問題無いのなら、力を貸してもらえますか？」

「今後ともよろしくお願いします」

二人と握手を交わし、次の日にレーディルやティロ達と計画変更を相談したのは言うまでもない。

戻って現在。港が無いため、特大発動艇に皆を分乗させて、次々と葛城に乗船させていく。若干急がせているのは『ちず』に表示された赤い点が徐々に南下しているためだ。王も状況に気付いたのか、兵をまとめこちらを追っているようだ。結局夕方までかけて、全員の乗船が終わる。ハッチを閉じ、艦橋に向かう。そこにはレーディルとティロ、それにアルトとレティが立っていた。

「こんな鉄の塊が浮くんですね……。凄いです……」

ぺちぺちと辺りを叩いているアルトとティロをほのぼのと眺めるレーディルと顔を合わせて、苦笑し合う。

「では？」

「ええ。向かいましょう。新天地、ローマへ」

アルプス山脈の影響か、船の未発達かは不明だが、この世界、イタリアに関しては全く入植が進んでいない。人の影も形も無いのであれば、我々が入植しても問題無いだろう。

「新天地……。良い響きですが、苦難も想像させます……」

ほぉと溜息を一つ吐き、レーディルが眦《まなじり》を決する。

「それでも、今の苦難に比べれば天地の差でしょう。どうか、導きをお願いします」

その言葉に大きく頷きを返し、従者に声をかける。

「では、錨を上げて下さい。出航です」

ぼーぼーと汽笛の音が辺りに響き、徐々に滑るようにその巨体は夕日を背に、進み始めた。

書き下ろし　葛城内の優雅な一日

飛行甲板からクレーンで釣り上げられた町の住民達は、初めての経験に放心したように座り込んでいる。馬や山羊、羊達といった家畜の方が余程気が大きいというか、もうのほほんと甲板の上をてくてくと散歩し始めている。

「さぁ、皆さん。それほど長く無い旅とは言え、数日は泊まりです。用意をしましょう」

私が声を上げると、スイッチが入ったように皆が動き出す。男性陣は荷物を、女性陣は夕飯の用意で走り始める。船出は夕刻であったが、用意が出来たのは夜半近い時間であった。流石に二千人分の食料を準備し、調理するというのは手間がかかった。現在、皆が持っている保存食などに関しては一旦預かって、こちらで食材は提供する事になっている。また、生鮮食料はこの機に使い切ってしまった。出来上がったのは具沢山のスープとパンだけであったが、旅と厳しい潮風を感じていた皆にとってはご馳走だったようで、和やかな表情がそこかしこで見受けられた。動物達は人よりも早く順応し、波に揺られながらもコンテナに用意された餌場兼寝床に入ると、もしょもしょと食べて、くたりと眠り込んでいた。

手を振るアルトとその後ろで寄り添うように歩くレーディルが、艦橋に現れる。

「あぁ、アキさん」

「お疲れ様でした、お二人共。皆、問題はなさそうですか？」

私が問うと、レーディルが力強く頷く。

「私も含めて初めての船旅の者も多いので色々体調面で心配していましたが、疲労困憊の状態が逆に良かったのか、皆大人しく寝入っています」

「そうですか……。良かったです。船の揺れで酔う人が出るかと思っていましたが」

「酔う……ですか？　お酒を飲んだ訳でもないのに？」

アルトがくてんと小首を傾げる。その拍子に頭の上から零れるレティをはしっと抱える。

「あぁ、そうですね。川を渡る小舟はあったようですが、長時間乗っていると揺られて気持ち悪くなる事です。馬車でも、道が悪いと、気持ち悪くなったりしませんか？」

私が問うと、二人が納得いったようにほぉっといった表情を浮かべる。

「何人かは気持ちが悪いと言っている者がいましたが……。そういう事ですか」

「その人達は？」

「病気かと思い、癒してみたら、大丈夫になったようです。もしかして、必要無かったですか……？」

アルトが叱られる子供のようにびくびくとしていたので、しゃがみ、目線を合わせて顔を横に振る。

「いいえ。良い事だと思います。酔い止めの薬はあったので、そちらを渡そうと思っていましたが。魔法で治るものなのですね」

三半規管の異常も外傷と同じく治るものなのだなと、少し驚く。そんな感じで、旅の最中と同じく癒しを振りまいていると、アルトは皆から聖女と呼ばれるようになっているらしい。

「もう、アキさん……。なんだか、凄く恥ずかしいんですよ!?」

私が微笑みかけると、アルトがぷんぷんと頬を膨らませて文句を言う。

「統治を考えた場合に、民が目に見える利益を齎《もたら》す対象というのは願ってもいないと思いますよ」

呟きに反応したのは、レーディルであった。

「統治……ですか？　アルトが？」

「私はアドバイスをする形の方が良いかと思います。元々、この集団にとって私は異質です。それならば直接統治を考えず、間接的に補助をした方が良いでしょう。将としての実績のあるレーディルさんや、癒し手としてのアルトさんの方が受けが良いです」

「では、あなたはどうなさるのですか？」

「あぁ、別に見捨てようとか、そういう訳では無いです。ただ、皆の目に映る部分はお二人やティロさん達に任せた方が安心するでしょうから。私は、一歩下がって環境や基盤の整備に従事しますよ。もし何らかの役職が必要という話であれば、相談役なんてどうでしょうか？」

私が告げると、レーディルが苦笑を浮かべる。

「それは……。新しく国を拓く事を考えると、労ばかりで益が無いですね」

「皆の嬉しそうな表情が私の益です。それに、最終的な責任は私が持ちます。なので、お二人はやりたいように頑張ってもらえればと思います」

そう告げると、二人の表情が改まり、こくりと頷きが返ってくる。

「ふふ。こんな島が動くような物を簡単に出す方が率いる国なんですね……」

艦橋から夜の海を眺めながら、アルトがぽつりと吐き出す。

「島ですか。海は……あぁ、祠の方まで来ていれば、見る事もあったでしょうね」

「はい。巡礼の経験がある人もいるので、ある程度の年齢以上の人は海も島も知っています……」

その言葉には少しだけ苦い物を感じた……。

「国王陛下の政治方針が変わって以降は、中々余裕も無く、巡礼そのものがなされなくなりましたからな……」

若干虚しい表情を浮かべたレーディルの言葉に、祠が寂れていた理由を理解した。

「私も動かせる訳では無いので……。『じゅうしゃ』には助けられています」

艦橋の中を見渡すと、所狭しとオペレータ達が働いている。あれから三百名程を追加で呼び出し、葛城の運用を任せている。勿論、甲板に出したクレーンも特大発動艇もオペレータ達の卓越した技術が無ければ、無理だった。そう考えると、あのタイミングで新しいコマンドが使えるようになったのはありがたかった。今後、国を開拓していくにもオペレーションが必要な部分は任せられる。

「では、私達もそろそろ寝る事にしましょうか」

船内の個室をそれぞれに宛がっているので、そちらに向かおうとすると、思い出したようにアルトがぽんと手を叩く。

「アキさん。皆さんからお願いがあったのですが」

「要望ですか？　何でしょう」

「お祭りをしたいそうです」


聞くと、タルリタや周辺国の宗教観としては祖霊信仰に近いらしい。先祖が連綿と築いてきた歴史を尊び、敬い、思うという形のようだ。で、お祭りというのはその歴々と住んでいた地を離れ、また新しい地での幸いを祖先に祈願するものらしい。酷王の圧政から逃れると言っても、やはり祖先の地を捨てるというのは心情的には重いもようで、きちんとした形で報告をしたい。それがお祭りの趣旨との事だ。


「さて、足りるかな……」

それを聞いた翌朝、私は艦の炊事場に立っていた。女性陣に交じり、お祭りの食事の準備を手伝っている形だ。ただ、実際の調理はお任せとなるので、食材を聞き出してそれに近い物を出すのがお仕事だ。

「ふむ。玉になっている葉物野菜ですか……。キャベツかな……。レタス、白菜どれでしょう……」

ぽぽんと生み出した野菜をお母様方が眺めて、味見をして、微修正をくれる。

「あら、この鮮やかな色のベーレイン、爽やかで歯応えが気持ち良いわ」

「このベーレインも瑞々しくて、それに甘い。色々な料理に使えそうよ」

きゃっきゃとにこやかにあれだこれだと相談する姿は華やいで、美しい。結局ベーレインはキャベツのようなのだけど、日本の寒玉、春玉キャベツと違って葉脈がもっと発達しているサボイキャベツだった。フランスのサボアが原産の筈だから、スペインの方まで生息範囲を伸ばしてきたのかなと少し感慨深さを思う。サボイキャベツは日本のキャベツと違って縮れた葉をしており、肉厚だが甘みと旨みはこちらの方が強い。その後は、油漬けの肉や油漬けの川魚や黒色の根菜など、知っている物もあれば代用品や近い物で勘弁してもらったものもありながら、一通りの材料が揃う。

「ではアキ様、後は作っておきます」

代表して、今年結婚したというミレーという女性がにこにこと背中を押して、炊事場から追い出そうとする。

「手伝いますよ？」

「いいえ。このような些事でアキ様を使うのは申し訳ないです。どうぞ、お休み下さい」

うんうんと頷く逞しい女性陣に見送られながら、ぽいっと炊事場から追い出されてしまう。女性には女性の矜持があるかと、階段を登り甲板の方に出ると、子供達が潮風の中、鼻の頭を真っ赤にしながら追いかけっこなどをして遊んでいる。少し大きな子供は動物達の世話など、大人のお手伝いといったところか。山羊の乳を搾っていた女の子が手を振ると、男の子達が抱きしめていた仔山羊達が一斉にお母さん山羊のもとに向かって、乳を吸い始める。

アルトから離れたレティもそろそろ四肢で歩く事が出来るようになったのか、甲板をふんふんと嗅ぎまわりながらちょこちょこと歩いている姿が見えた。まだまだ乳の香りしかしないためか、山羊の子供達も恐れずレティの傍に集まってきて、興味深そうに眺めている。最終的には押しくら饅頭みたいに集まった中でぽてりと寝転がりながら、温もりを感じているようだった。

『ぬくぬく、しふく』

気の抜けた表情が遠くからも分かるような心情吐露だった。

「あぁ、アキ様。動物の様子も大人しいものですよ」

何とはなしに眺めていると、壮年の男性に声をかけられる。どうも神様か何かみたいな扱いで、もう少し畏まらずに接して欲しいなと思うが、これも時間が解決するかと諦める。

「波の動揺でもう少し暴れるかと思いましたが、慣れた様子ですね」

「人間の方が余程におっかながってますからね。端の方には寄らさないようにしていますが、子供達の方が心配でさぁ」

男性が話している目線の先では、甲板から顔を出して海を覗いていた子供が年長の子供に怒られている様子が見える。オペレータがその辺りは見張ってくれているが、晩秋から初冬の海に落ちるのはあまり健康にも良くなさそうだ。

「そう言えば、お風呂の方はどうでしたか？」

お祭りと言う事で身綺麗にしてもらおうと、自衛隊の野外入浴セット2型を用意してみた。これも阪神淡路大震災の際に使わせてもらったものだ。オペレータが手分けして、運用してくれている。

「年長者から順に入っています。あんなに多くの湯は初めてみましたが、好評です。旅も長かったので、体を清める事も出来ず……。爺様婆様も人心地着いたと言っております」

我が事のように嬉しそうに告げてくれる。

「甲板では体が冷えるでしょう。風も強いですし。どうぞゆっくり休んで下さい」

そう伝えると、恐縮したように一礼を返し、そのまま作業の輪に戻っていく。

「あぁ、こちらにおられましたか」

その声に振り返ると、ほかほかと湯気を上げているレーディルと、少し不機嫌なアルトが背後に立っていた。

「おや、何かありましたか？」

「いえ。お風呂を利用させてもらったので、そのお礼をと。皆も大変満足しております。ただ、水を使う事には少し抵抗はあるようで、恐縮しているというのが大きいですね」

海の上というだけでなく、移動中の水の確保が難しいのは旅慣れている人間に取っては常識なのだろう。そう考えると、戦争の際の糧食や飲料水の管理の杜撰さが、官僚主義の見落としポイントのように思えてくる。やはり、立案者は想像する力、現場に足を運ぶのが大事だなと、先の大戦を考えても納得がいく。

「その辺りはお構いなく。アルトさんは少しご機嫌斜めのようですが……」

「あぁ、これは。一緒に入ると言っていたのですが、七を超えればもう子供でも無いです。年長者順と言う事で、後回しにされたので、少し不機嫌なのですよ」

レーディルが言うと、慌てたように、後ろからアルトがぽかぽかと叩き始める。

「黙っていて下さるって言ってたのに!!　嘘つきです!!」

「ふむ。寒いようでしたら、キャンピングカーを用意しますよ？」

「え……それは……。あの……大きなお風呂というのがどのような物か……。気になるんです」

私が提案すると、もじもじと小さな声でアルトが答える。

「なるほど、そうですか。まぁ、夕ご飯までには回ってくるでしょうし。もう少し待って下さい。しかし、風呂は好評ですか」

「シャワーにも驚きましたが、あれだけの湯に浸かる経験は贅沢です。それに、随分と汚れていましたが、出れば綺麗になれると言う事で、若い娘達も今か今かと待っているようです」

これにも訳はあり、祭りというのは一般的に出会いの場でもあるので、若い男女は興味津々らしい。女性陣も食堂で姦《かしま》しく話しながらも、未婚の娘さんは色々と揶揄《からか》われていた。

「それに町の人間だけではなく、色々な村が混在する機会というのも長くありませんでした。これを機に、家同士の結束も深まるでしょう」

「良い風に働いてくれると良いですね……。さて、次は男性陣ですし、これが終わればアルトさんの番ですよ？」

そう告げると、慌てたようにアルトが頭の上のレティを支えて、ぴゅーっといった勢いで階段を下りていく。

「あぁ、あんなに慌てなくても風呂は逃げないのですが……」

私がぽろりと呟くと、レーディルの笑い声が、抜けるような初冬の空に木霊した。


夕陽が水面に反射し、赤や橙、黄色の光が煌めく中、二千からの人間が一堂に会する。その中心で杯を掲げる私。大きな会合ではこなした役回りではあるが、この世界に来てまでとはと、無意識に苦笑めいた表情が浮かびそうなのを押し殺す。

「では祖霊、英霊に感謝と畏敬を。連綿と守り、慈しみ、見守ってくれた地を離れる事を報告し、新しい地での幸いを祈願する」

教わった祭文を朗々と謳い上げ、ゆっくりと一礼をすると、周囲からほぅっという溜息がさんざめくように広がっていく。

「皆さん、飲み物は行き渡りましたか？　じゃあ、祭りと言う事で。現状でも色々とご苦労をかけておりますが、新天地での生活こそが本番です。ただ、先の苦労ばかりを考えても仕方ありません。今日ばかりはご先祖様も大目に見て下さいましょう。ゆるりと楽しんで下さい。では、乾杯!!」

「健やかなる繁栄を!!」

スペイン語の乾杯《サルー》は健康祈願の語句になるが、地域が重なると言葉や考え方も似るのかなと少し興味深い。お酒に関しては、赤や白のワインをボトルで提供している。皆、目を丸くしながらワインの味に舌鼓を打っている。


「あんただったのか……」

聞き覚えのある声に振り返ると、ティロを紹介してくれたバーのマスターが給仕の娘さんに寄り添われ立っていた。

「あぁ、その節はありがとうございました」

「いや、こっちは何もしていない。紹介しただけだからな。しかし声が似ていると思っていたが、本当に本人だとは……」

そんな感じで話が弾む。ちなみに給仕の娘さんだが、孤児になっている子を拾って面倒を見ていたら、いつの間にかお嫁さんになっていたそうだ。結構な年の差婚で、聞いてみて少し驚いた。マスターもティロから早い段階で話を聞いていたらしく、食料や酒をまとめて、逃げるだけの時間はあったそうだ。

「しかし、持ち出してみたが、こんな酒を無償で配るような地で立ち向かえるのかね……。旨いな……」

こくりと杯を傾け、マスターがしみじみと呟く。

「別に恒久的に配布する訳ではありません。それに酒場というのも、日々の憩いには重要でしょう。それにその地の酒が一番美味しい、そうではありませんか？」

「確かにな。いや、精進する事にする。旨い酒だった。また、話でも聞かせてくれ」

微かな微笑みを浮かべたマスターが給仕の娘さんの一礼を残し、祭りの輪の中に去っていく。

「アキさん、料理、持ってきました!!」

少しだけ感慨に耽っていると、元気な声が響く。アルトがレティを乗せて、皿を抱えて向かってくる。その後ろからは冷や冷や顔のレーディルとティロが続く。

「ありがとうございます、アルトさん。席に着きましょうか」

皿にはキャベツとアンチョビを炒めた物や、パンにコンビーフを練り込んだナンのような物など、多種多様な料理が所狭しと載っている。

「では、改めて成功に乾杯」

私がそう告げると、四人が杯を掲げる。ちなみに、アルトはオレンジジュースだ。

「しかし、上手い事いったな爺さん」

ぱくぱくと皿の上を掃除するかのように、咀嚼を進めるティロが口を開く。

「上手くいったかは今後次第ですが、まずは船出に成功です。大きな動揺が無かったのには感謝したいです」

私も微笑みを浮かべ、返答するとレーディルが杯を置く。

「五代、六代遡れば、皆流浪の身です。語り継がれている範疇ですし、そういう意味では住む地を離れる事は悲しいですが、どうしようもない事ではないのでしょう」

「なるほど……。まぁ、住めば都という言葉もあります。どうか、幸せになって下さると良いのですが……」

三人で優しく祭りの輪を眺めている中、アルトが料理を食べながら、しきりに小首を傾げている。

「料理に不手際でもありましたか?」

問うてみると、ぶるぶると頭を振って否定する。

「懐かしい味なのですが、こんなに美味しかったかなと。塩気も強いですし、何ていうのでしょう。口の中が幸せになる味です。美味しいです!!」

その辺りは、調味料もふんだんに用意したし、材料の細かい差異が所以《ゆえん》かなとは考える。イワシの油漬けと川魚の油漬けでは、用途が違う。川魚の繊細な香りは、油と熱で飛んでしまうだろうし、それならばもう少し癖の強いイワシの方が適任だろう。そういう違いが同じ料理でも味の変化を産んでいるのだろう。

私も試しにと口に入れてみる。普段食べていたキャベツとアンチョビの炒め物でも唐辛子でアクセントを付けていた印象だが、この料理だと刻んだバジルがアクセントになる。鮮やかな緑の香りがアンチョビの潮の香りと調和しキャベツの甘みを引き立てながら鼻腔を楽しませてくれる。それを洗い流すように白ワインをこくりと含むと、至福の時が生まれる。ソーセージかと思った腸詰めには油漬けの肉を丁寧に解した物が大麦や芋、ハーブと一緒に練り込んで詰められており、噛んだ瞬間驚いた。ぱきりと割れて肉汁が飛び出すさまを想像していたのに、思った以上にほくほくとしており、ハーブと香辛料の豊かな香りと相まって、おかずというよりおやつと言った感じの料理になっていた。酒のアテとも言う。ニジマスなどに関しては、香草と一緒にからりと焼かれ、きらきらと灯りに照らされて輝くさまは妖艶と言っても良い眺めだった。最後に果汁で溶かれた肝のソースをかけると言うのには驚いたが、ほろ苦い内臓の香りが一つのアクセントとなり、香り以外は単調になりがちな川魚の印象を大きく覆してくれた。汁物も多種多様な野菜を果汁とワインビネガーで酸味を帯びた感じに仕上げており、優しくも、空腹を誘う味になっている。祭りの中の料理、ハレの場の料理というのが良く分かる。

「うん、美味しいです……」

私が呟くと、固唾を飲んで見守っていた三人が、ほっと息を吐く。

「何にせよ、生まれた地の料理を美味しいと言ってもらえるのは、面映ゆいですな」

レーディルの言葉にアルトとティロがうんうんと頷く。


「さぁ、そろそろ踊りの時間のようですよ」

話し込んでいると、宴も酣《たけなわ》になってきたのか、持ち出して来た楽器を打ち鳴らし、若い男女が輪の中に押し出され、踊り始める。婚活の始まりかな。ティロが上機嫌で仲間を捕まえて踊りに行くのと対照に、アルトは少し不満げに椅子に座っている。

「あれ？　アルトさんは行かないのですか？」

「禁止されました……」

どうも、聖女として名が知れてしまった彼女が輪の中に入ると求婚者が殺到して危ないという建前で、年頃の女性達が閉め出したようだ。どの時代、どの地域でも婚活というのは戦争なのだなと、思わず笑ってしまった。

「あー、酷いです。笑うなんて……。楽しみにしてましたのに!!」

むきーっと怒るアルトの頭から、眠そうなレティがぽてりと落ちて、テーブルの上で転がる。


『ねる。ねむい』

夜も更けてきたので、早寝のレティとしては辛いのだろう。アルトを誘い、部屋に導く。籠にレティを寝かしつけ、レコードプレイヤーを生み出し、そっと針を落とす。『じゅうしゃ』と同じく新しく覚えたコマンド『そうび』で黄色のドレスを選択しぱきりと指を鳴らす。ふわっとした光に包まれたアルトが次の瞬間にはドレス姿に変わる。

「え？　え？　あ、この服……」

驚いたように自らの変化を確認していたアルトがドレスの色と飾りで思い出したのか、はっと顔を上げてくる。スピーカーから艦内にそっと静かに流れ始める曲はBeauty And The Beast。

「お手を拝借してもよろしいでしょうか、お嬢様？」

そっと私が手を差し出すと、ほわっと華が綻ぶような微笑みを見せて、アルトがそっと手を乗せる。

「はい!!」

その姿を抱きしめ、ゆるりとステップの一歩を刻んだ。狭い艦内の廊下、大きな動きは出来ないが、ボックスの足の動きを指示して、ゆったりと大きく回る。

「ふふ……。彼女と同じですね……」

ずっと齧り付きで見ていた状況を再現出来た事が嬉しかったのか、紅潮した頬で呟く。

「喜んで頂ければ幸いです」

そう告げて、ゆるりとステップを重ねる。窓からは月明かりが夜の海を照らし、ちらちらと瞬くさまはまるで舞台のようだった。

祭りからも色々と騒ぎはあったが、それを語るのはまた機会があればで良いだろう。今はそれよりも重要な事がある。

「見えてきました!! 陸地です!!」

オペレータから早朝に呼び出され、艦橋に走ると、遠く微かにだが黒い大きな物が迫ってくる。暫くすると同じく起こされたレーディル達が窓からの景色を眺め、喜びに堪えない様子で、零す。数日とは言え、艦の中で暮らすのは精神的に応えたのだろう。初めは物珍しさもあったが時間が経つにつれ、徐々に体調不良などが顕在化していた。

「海底はソナーにて確認が済んでおります。最接近可能な場所を設定しておりますが、輸送方式は変わりません」

優雅にそれでいて慌ただしく動いていたオペレータより報告を貰い、特大発動艇の準備に走る。海に開く蓮の葉のように次々と人や貨物を乗せた艇をクレーンで降ろし、オペレータ達が一路陸地に向かって進みだす。作業に慌ただしい私達の正面からは、歓迎するかのように、寝ぼけ眼をこするようにゆっくりと上がってくる太陽の暖かな光が出迎えてくれた。

あとがき

いつもお世話になっております。『二度目の地球で街づくり～開拓者はお爺ちゃん～』を書いております、舞と申します。この度は本を手に取って頂き、誠にありがとうございます。また、「小説家になろう」で読んで頂いている方に関しては、いつもお世話になっております。

さて、一巻が出ました。この作品は、低年齢の人が異世界に渡る作品が多い中、老齢の人が渡ってしまった場合にどのような対応を取るのかが気になり、書いてみた作品です。元々おじさんなどを主人公にしている作品を書いておりましたが、九十歳の人間を想定して書くのは新鮮でした。実際にお話を伺ったりしながら書いておりましたが、色々と興味深い話を聞く事が出来た事が一番の収穫でしょうか。

最後になりますが、編集の皆様、この本を手に取って読んで頂いた皆様、日々更新を読んで下さる皆様。本当にありがとうございます。

今後とも『二度目の地球で街づくり～開拓者はお爺ちゃん～』をよろしくお願い致します。

二〇一七年七月二十日　舞

このたびはありがとう
ございました！
おじいさまが描けて
幸せでした。好みつめこ
みスミマセン舞さん…
アームガーターが
似合いそうという
ラクガキです。
東条さかな

2017年10月刊行予定！
その者。のちに・・・06
Sonomono Nochini
ナハアト
イラスト 三弥カズトモ

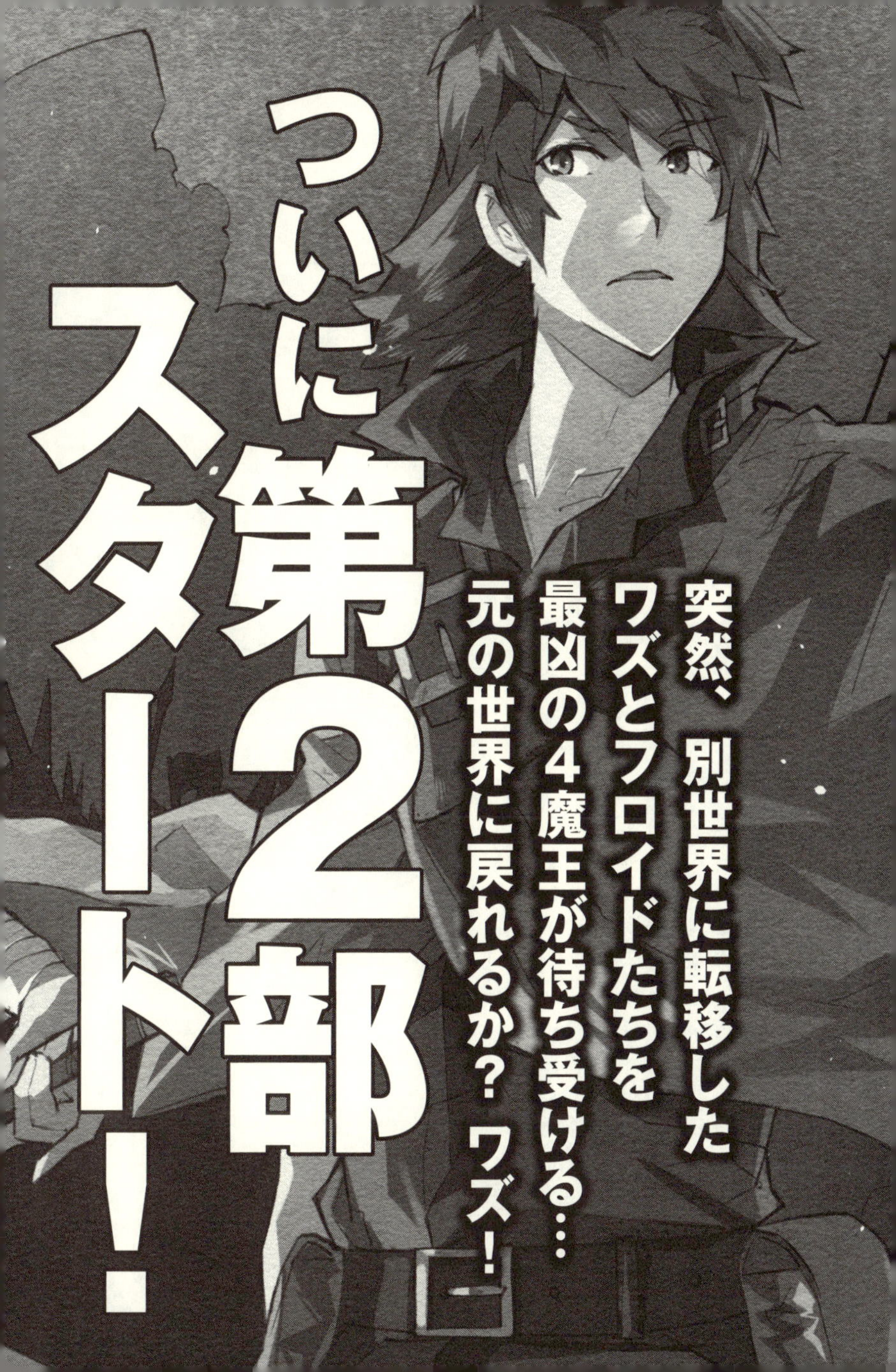
突然、別世界に転移した
ワズとフロイドたちを
最凶の４魔王が待ち受ける…
元の世界に戻れるか？　ワズ！
ついに第2部
スタート！

累計20万部突破の
大人気作!!
小説家になろう
47万作品の
年間ランキング
第2位!
続々重版中!

EARTH STAR NOVEL

二度目の地球で街づくり　開拓者はお爺ちゃん　1

発行 ―――― 2017年9月15日　初版第1刷発行

著者 ―――― 舞

イラストレーター ―――― 東条さかな

装丁デザイン ―――― 舘山一大

発行者 ―――― 幕内和博

編集 ―――― 古里 学

発行所 ―――― 株式会社 アース・スター エンターテイメント
〒107-0052　東京都港区赤坂 2-14-5
Daiwa 赤坂ビル 5F
TEL：03-5561-7630
FAX：03-5561-7632
http://www.es-novel.jp/

発売所 ―――― 株式会社 泰文堂
〒108-0075　東京都港区港南 2-16-8
ストーリア品川
TEL：03-6712-0333

印刷・製本 ―――― 中央精版印刷株式会社

ISBN 978-4-8030-1109-8